踏浪

王肖婷 著

陕西新华出版传媒集团

太白文艺出版社·西安

图书在版编目（CIP）数据

踏浪 / 王肖婷著. -- 西安：太白文艺出版社，
2023.1
ISBN 978-7-5513-2203-4

Ⅰ. ①踏… Ⅱ. ①王… Ⅲ. ①小小说－小说集－中国
－当代 Ⅳ. ①I247.82

中国版本图书馆CIP数据核字(2022)第145961号

踏浪
TA LANG

作　者	王肖婷	
责任编辑	靳　嫦　汤　阳	
整体设计	悟阅文化	
出版发行	陕西新华出版传媒集团 太白文艺出版社	
经　销	新华书店	
印　刷	成都市兴雅致印务有限责任公司	
开　本	880mm×1230mm　1/32	
字　数	130千字	
印　张	6.5	
版　次	2023年1月第1版	
印　次	2023年1月第1次印刷	
书　号	ISBN 978-7-5513-2203-4	
定　价	68.00元	

运 河 人 家

钉子户家的女儿

爱的初体验

恋上女协警

一个人的爱情

目 录

麦浪

第一部分

斩浪

运 河 人 家

　　我出生在江南小镇，我家的阳台下边就是运河。儿时，每逢六月，黄梅降水不止，看着河水一寸一寸地没上来，我心思很重，急出口疮来，这雨要是再下三天就该从阳台缝里流进我家了。可是爸爸总是心很宽，摸摸我的小脑袋，撑把伞带着我走到旁边码头上张望，指着河塘："喏，你看，有条线来着。"我定睛一看，确实有条线，线下面是青苔。爸爸说："等着吧，河水没到那条线雨马上就停。"我眨巴眨巴眼睛："为啥呀？"爸爸说："因为咱这里啊，世世代代是个风调雨顺的好地方。"

　　果不其然，到了第二天，雨停了，天放晴了，我家从小养大的鸡鸭都从阳台上扑棱扑棱飞到码头上，轧马路去了。有只新来的野鸭，是要拿来炖汤的，父亲绑住它的腿脚，可是绑得不紧，它挣扎半晌逃脱出去，蹿入运河中，游出一段后探出脑袋，拍拍翅膀，大有胜利者的骄傲。爸爸站在阳台上捶胸顿足，怪自己心软没给绑牢。说时迟那时快，一条渔船划过，抓鱼的一看这情形明白了个大概。一篙子下去，网兜兜住了野鸭。爸爸接过垂头丧气的鸭子，对着"见义勇为"的船家再三感谢，人家竟不肯喝一杯炖了的鸭汤继续讨生活去了。那只"越狱"的野鸭炖出来的汤是我喝过的最美味的鸭子汤，那个船家是我见过的最可爱的水上人。

我有一个男同学，他家也是水上人家。幼时他做我同桌，常常用一些船上的常识考我。印象最深的是："你晓得船上养几只猫（锚）吗？"我还真不知道，那时候只觉得奇怪，为什么船上要养猫，养几只还有讲究？

不管怎样，船上养着他们一大家子人倒是事实。他们以船为家，在船上劳作，或运输，或捕捞，六月晒得泥鳅黑，十二月冻得茄子紫。那时只有在岸上连房屋都没有的人家，才会迫不得已住到船上。船上局促而简陋，又整日里在水上漂流，总不如住在自己的房子里，守着几亩田地安生。

我们小时候要是不乖，就会被父母吓唬说："把你送到船上去。"便哭都不敢哭出来。我那个男同学开始懂事后，深深为自己的出身自卑，再也不提船上的见闻了。再过两年，他新出生的妹妹手指有点畸形，左右手各有三根手指并在一起，日日被绳子绑在船尾，后来才晓得是为了她的安全。我从我家的阳台上望见他家的船远航回来，他那妹妹咿咿呀呀地叫唤，我便赶去学校给他报信。可是他却白了我一眼，恶狠狠说那个残疾妹妹他一颗糖也不会分给她吃。

那之后发生了一件大事。有天夜里风大浪大，他家停靠着的船被新靠过来的船碰撞了一下，船上的靠把掉进了河里，他妈急着去捞，结果两条船又碰了一下，她掉进了河里。我们旁边的人家都嚷嚷说赶紧跳下去救人啊，他爸和另外一条船的老大用竹篙子捅了好几下，没寻到人便罢手了。第二天，等尸体浮上来，他们就办了简单的葬礼。船头不摆尸体是约定俗成的，所以棺材用长板凳架在舱面。

　　那之后风平浪静像是什么都没发生过似的。我那同学得了晕水症，别提海呀河呀的，就是大扫除洗拖把水龙头开得大一点儿，那哗哗的流水也会让他呕吐不止。

　　倒是他那个妹妹风吹雨淋日渐强壮，十来岁模样，驾一艘小船滑行水上，静静地听水中鱼儿发出的"泼剌"声。她能从中分辨出这时候这一带水下游动着的是什么鱼，大概有多少，然后采取相应的办法，就能轻而易举地把鱼儿捕捉上来，连附近的老渔民都不禁感慨她是天生傍水而生的人。

　　等到我同学二十岁的时候，他爸爸见他实在扶不起来，但祖业还得相传，愁得唉声叹气，妹妹便自告奋勇挺身而出。老父亲看看她的脸，再看看她的手，叹了一口气。她说就让她试一次吧，结果让她爸目瞪口呆，她并拢的手指头盘起方向盘来更是稳健。船上原来的小工想给他家做上门女婿，她却说："我是个残疾人，你晓得的。"小工回答说："美人鱼的脚也是并拢的，一样很美的。"

　　婚后，夫妻俩搞运输，没几年换了艘大船，跑起了长江一带。江南河道星罗棋布，钱塘江潮汐闻名于世，其他也情形类似。船老大必须对每条河道的潮汐规律都了如指掌、熟记于心，就是这样，也会遭遇困境。有天她家的船过长江，大雨起雾，前面的水路一片迷茫，她那老公没看清要下的闸口过了站。水流湍急，很难航行，更别提掉头了。她当机立断，决定回航。看清后方无船，她稳住方向盘，全力掉头，在逆流中开出一条生路，成功出闸，按时交货。

她有勇有谋，人也热情真诚。常常给她单子的粮站老板有天突然关了门，一打听才得知老板唯一的亲弟弟在维修粮仓时掉下来摔死了。她二话不说去人家村上做了三天相帮，用她并拢的双手给客人们倒茶，给哭得不能自己的女眷们递上纸巾。旁人问这个女人是谁呀，粮站老板说："我新认的妹妹。"

丧事结束后，老板把很多单子都给了她。她说："我去帮忙不是图这个，再说你给得太多了我也来不及做啊。"老板笑着说给谁不是给，给你我放心，你会帮我把关的。她回家辗转一夜，召集了几个知根知底关系好的船家，再找了几家平日里暗暗别苗头的竞争对手，细细地把单子安排了出去。走出门时，几个竞争对手在门口传了圈香烟，赞叹说老倪家还真是出了个女中豪杰啊。

她的两个女儿生出来后都没有被绑在船尾，而是去城里买了房上了最好的学校。她总会语重心长地跟孩子们说要好好读书，要做有知识有能力的女人，这样才不会被男人、被这个世界轻视。每每说到这里，她都有些哽咽。大女儿懂事地摸摸她的脸，说："妈妈，别哭。"她笑着抽泣了一下，说："我啊幸福得很，要哭也哭不出来。"小女儿拿出一盒巧克力，说是舅舅来过了。大女儿补充说："舅舅没头没脑地说了句这是他欠妈妈的。"听了这句，她顿时泪如雨下，怎么也止不住。小女儿往她嘴里塞了颗巧克力："妈妈，甜一甜就不哭了。"

回忆起来，她这辈子只哭过两次，上一次是母亲死的那天。

运河里老倪家女儿的故事是段佳话，运河边人家的故事更是精彩。张三家女儿看上了对岸李四家的儿子，可是落花有意流水无情。她告诉说媒的她只有一个条件，就是要找运河边上的人家，后来果真嫁到了崇福运河边。婚姻美满的她是怎么也想不起当年只为望见运河贯通的水，就好似从未离开心上人一般。

还有王五家的儿子年少时在运河里畅游，游过赵六家的窗下时被当头倒了一马桶的粪水，之后像开了窍般成绩突飞猛进，最后竟考上了清华大学。后来还真有人到赵六家求粪水，弄得他哭笑不得，说自家虽然是老式房子，但旧城改造，老早就装了抽水马桶。

运河抱城，八水汇聚。运河人家的日子啊，就和运河水一般，流着流着就流了一辈子。有时候流得湍急些，有时候流得平缓点，有时候流得趣味横生，有时候流得平淡安宁，就这样流淌着运河子女的一生。

改革与赞美

两个男人守在产房外面，一个不停地踱来踱去，另一个手脚张开靠在椅背上。靠着的男人抽出两根香烟："看你走得心烦，来一根。"说着把烟扔了过去，对方很有默契地接住，掏出打火机凑过去点上。两团烟雾不分你我地包裹在一起。

来了一个小护士，黑脸上翻着白眼："要抽出去抽，这里禁烟。"他俩相视一笑，勾肩搭背地走到了院子里，天气真好啊，更好的是还能在一起抽烟。

"生了生了，徐赞美的家属在哪里？"护士抱着孩子出来，两个男人一起奔来。先到的那个忽然往后一退，后面那个大步踏向前："男的女的？""千金，八斤三两。"后面那个马上问："产妇还好吗？""好着呢，生了三天还精力充沛，跟头牛似的，是我见过最强壮的产妇。"护士笑着说。他看向孩子，脑袋尖尖小脸圆圆。"长得像你哎。""我播的种，不像我像谁啊！""也像赞美。"很多年前，他还是赞美男朋友的时候，见过她婴儿时期的黑白照，那时的赞美小脸圆圆的，甚是可爱，长大后的赞美英姿飒爽，更多的是帅气。

产房外的两个男人都被赞美的帅气迷倒过。踱来踱去的那个是赞美的前夫，靠在椅背上的那个是赞美的丈夫，他俩是十几岁时拜把子的好兄弟。

赞美生来就是被人赞美的，她美得耀眼，生性活泼，敢想敢做敢拼。三岁那年盯着电风扇把手指伸进去试探；六岁把一条蛇硬生生从洞里拉了出来；九岁带领一帮孩子走了几公里路去看海；十二岁发动联名上书，把上课打瞌睡的历史老师赶下了讲台；十五岁自己进货偷偷去夜市卖，一晚上挣了五十块；十八岁立志走出嘉兴，走向世界，要当个飞遍全球的空姐。

赞美通过初试，来到了杭州，可是马上迎接她的是淘汰。当空姐的牛皮吹大了，嘉兴是回不去了。赞美留在杭州一个酒店做领班，认识了一个香港男人。那时，香港刚刚回归，找个香港男人，说出去都觉得脸上有光、面上贴金。二十岁的赞美忘记了初心，就想嫁到那个高大上的香港去定居。

谈婚论嫁时，赞美去了一趟香港。回来后，婚事就告吹了，人也蔫了。问了很久，她才开始吐槽，原来不是香港人都过着"香港生活"。那个男人住着二十几平方米的老房子，放着一张床，赞美走一圈都要碰出两块瘀青。男人家里有四个姐姐、三个哥哥，七十好几的爸妈还以为赞美是大孙子的女朋友。一辈子住鸽子窝，身体、灵魂皆束缚，

踏
TA
LANG
浪

她是万万不肯的。帅气的赞美"咔嚓"一下亲手剪断了这段姻缘。

酒店是回不去了，姑娘们都以为她嫁去香港了。此路不通那路通，回娘家休整时，赞美认识了峰峰。峰峰对她真是好啊，千依百顺、言听计从。那时峰峰刚继承了爷爷的遗产。赞美脑子一动：我们开个店吧。卖什么？那七年里，他们开过服装店，卖过电瓶车，开过婚庆公司、白蚁防治公司，到最后剩的钱只够开个奶茶店。当他们喝饱了奶茶却仍掩盖不住肚子饿得咕咕叫的事实时，峰峰对赞美说："我不是你想要的男人。"他咬了咬嘴唇。他从来只想朝九晚五、朝夕相对，可那不是赞美想要的生活，他不是赞美想要的男人。

三十岁的赞美站在人生岔路口，掩去伤痛，抹掉眼泪，往前踏步。

她拿着卖掉夫妻共有房子的钱，思前想后，经过市场调研，最终在平湖外贸城三楼租了个小店铺。比起别家的低端经营，见过大世面的赞美深入一线，去多个服装厂寻原单。夜深人静时，她恶补各大时装周和时尚杂志最新流行趋势。在最初有淘宝时，赞美就注册了网店；在最初有微信时，赞美就做了微商。终于，赞美有了熟客、回头客，注册了自己的牌子，钻研打版和定做，有了稳定的生计。

夜深人静，回家路上，赞美风中飘零，苦笑着想"事业和爱情我大概只能占一样吧"。就在那样的一天里，一辆路虎停在了她眼前，车里的人说："是我呀……"赞美当然认识他，她和峰峰结婚时，他做的伴郎，当时司仪还开玩笑说新娘的名字和伴郎的名字放一起"赞美改革"很是般配呢，整得三人都脸红。时过境迁，这一刻坐在改革的车上，赞美才第一次眼中有他。改革介绍了一下自己做的生意，也细细询问了赞美的工作，自然提及了一些"整单""混批"之类的专业术语。赞美心想，她和他才是一路人啊。她看着他的眼里有了光。

但她是绝不能也绝不敢多想的。她初识他时，她正被捧在掌心，他却灰头土脸在创业初期。现在，她是失婚妇女，他已成钻石王老五。倒是改革开始坦荡荡地追求她。峰峰找到他质问，他回答："是你们分开后，我才追求赞美的。她是个好女孩，不该得到幸福吗？"他接赞美回家，再不让她被风吹。他为她找人脉开渠道，再不让她独自打拼。他向赞美求婚，她却拒绝了他。她说："你值得更好的。"他回答："你就是最好的。"

改革的母亲知道后站出来反对，她说："赞美这个小姑娘人是好的，但我儿子娶个二婚的，我怎么也想不通。"改革蹲下来，把头埋在母亲的怀里，很久才抬起头："妈妈，我很小的时候爸爸就抛弃我们了，是你钢铁般的坚韧抚养我长大，让我觉得离婚女人也是可怜之人。赞美是个敢想敢做敢担当的好女人，我的事业和生活都需要这样一个伴。"他母亲抹掉了眼泪，深深叹了口气，算是默许了。

这一日，他带赞美去吃饭，去的却是麦当劳。他戴上工作人员的帽子问赞美："记得我的名字吗？"赞美愣在那里。他继续陈述："我们第一次见面并不是峰峰找我做伴郎，是在那之前很久很久，大概是你十八岁的时候，就在这里。"赞美喃喃自语："十八岁时我来这儿打过两个月的工，可是我不记得你了啊。""对，你来的第一天，是我打工的最后一天。那天我看到还未定岗的你主动忙前忙后，一个人默默打扫了整个前场，一边干活一边闪光，连'欢迎光临'都比别人说得真诚响亮。当时我就记住了你——赞美，多么漂亮的姑娘。当时我就想你的名字加我的名字'赞美改革'是不是算有缘分呢。可惜我那时决定去杭州打拼了。"

改革顿了顿，拉起眼泛泪光的赞美的手，继续说："改革开放四十年，我们也兜兜转转十几年，却仍能不忘初心，继续前行。今日在事业上闯出了自己的一片天，生活上，也请你勇敢一点儿好吗？"

赞美泪如雨下，接受了改革的求婚。改革用大智慧大胸怀拢回了好兄弟峰峰。孩子周岁那天，大家在改革家庆祝。峰峰去楼下超市买酒，赞美追上去帮他拎。峰峰说："能看着你幸福，真好。"赞美露出一个招牌式微笑，说："感谢一个时代，也感谢我们自己。"

钉子户家的女儿

陆伟，撑起一把伞，等在雨里。上次这样耐心等一个人，好像是很多年前的事了。

这样想的时候，红衣翩翩的女孩走入他的伞下。"嗨，好久不见。"他愣了一下，她黑发及腰，还是那么出众。

很多年前，在陆伟上学路上会路过一座桥，桥边立着一座房，房里有个女孩，陆伟远远看到她从里面走出来，晾她的小手帕。宽敞的大桥被这栋房子拦截，从四车道变成两车道。这家钉子户远近闻名，村上一百多家农户都同意了搬迁，却独独剩了这一户死活不拆。政府不能为他们家突破赔偿政策，工程不能竣工，原先已同意搬迁的居民生生晚了三年才搬进新房。大家恨得牙痒痒，决定孤立这户人家。

陆伟万万没想到，有一天钉子户家的女儿转到了他的班上，坐在了他的后头。女孩很美，却没有朋友。她总在摆弄她的小手绢，有时折个兔子，与它对话；有时叠朵玫瑰，插在口袋。有一次，她折了飞机，把它放到桌边，枕着手臂看了好久。看得他都耐不住了，过去一拨，"飞机"坠落在地上。她一跃而起，盯着他像要灼出个洞来。陆伟同桌出来帮腔，你个钉子户家的女儿想飞去哪呀？你家挡着路，你就哪都别想去。女孩惨白的脸憋得通红，咬着嘴唇跑了出去。

陆伟捡起飞机，棉布的质感真细腻，少女的香味很清馨。那一天，他破天荒去买了三块红手绢，硬着头皮央求外婆折出三朵玫瑰串了起来。

他赶到桥头时，女孩正在洗球鞋，洗得两只手都是肥皂泡。两人对视了很久。他伸出手："喏，这个给你。"女孩瞥了一眼要走。他拉住她，把花戴在了她的头上。她怔在原地，等到手上的肥皂泡都破了，才离开。第二天，他看到戴着手绢花的姑娘来了，他知道他们和解了。

他想得出神，抬眼发现已经走到预订的小龙虾店。清爽的门面，干净的环境，摆放有序的证件，让女孩有点意外。等小龙虾上桌，她咬开第一口，猛地顿在那里，看向他，向他征询。他笑着说："没错，就是那家大排档。"

他们俩在一起时，总是他追着她问："喜欢吗？"她笑笑。"不喜欢？"她也笑笑。不知道从何时起，他从她嘴角上翘的弧度就能判断出她是喜欢还是不喜欢，是真喜欢还是假喜欢。她没啥特殊爱好，就独爱那一口小龙虾。那时大排档脏乱差，一入夜就堵了一条街。他总是带她在嘈杂、混乱、肮脏中匆匆吃上一顿。那时的她总说要是环境再好点就完美了。

后来大学毕业她留在深圳，他回到街道当了一名基层干部，从此两人天各一方。这几年街道实施改造小城镇环境综合整治项目，全力打造大气开放、整洁有序、温馨文明的生活环境，他一直关注着那家小龙虾店。看着大排档被统一整治，小龙虾店老店新开，红火至今，他常常会想：要是还能带着女孩来该有多好。此刻，那个女孩就坐在他的对面，嘴角上翘露出八颗牙，那是她真正欢喜的模样。

等吃得差不多了，他终于开口说："其实我有点事想请你帮忙。"她抿了抿嘴，脱下一次性手套，开门见山地回答："我知道你找我什么事，我爷爷跟我讲过好几次了，你经常去我家。"

参加工作时，陆伟被分到街道城建办，第一份差事就是做钉子户的思想工作。主任把车开到路边，他杵在车里。这么多年了，还是那座桥，桥上有栋房，宽敞的大桥被这栋房子拦截，从四车道变成两车道。只是那晾小手帕的女孩不在了。

主任见他扭扭捏捏不肯下车，用手里的资料捶了下他的后背："你小子想啥我知道，就这家的姑娘是吧，你跟她好过？但我听说是人家留在大城市了不肯回来，又不是你脚踏两只船分的手，你心虚什么啊！"

陆伟在门口站了半天，没人理他。

第二天，他在自带的小板凳上坐了半天，没人理他。

第三天，这家的门咯吱一响，钻出一条狗来，朝他闻了又闻。

第七天，他一去狗就屁颠屁颠地围过来摇尾示好，他立马从包里掏出备好的火腿肠奉上。就是这一天，他第一次见到了她的家人。一个老头咳嗽了两声，从门里出来。他的手背在身后，轻声断言："喜欢狗的人不是坏人。但是，搬迁免谈。"他就问："为啥呀？"老头答："祖上留下来的地和房，到我这一辈因为几个钱就拆了，我心里过不去啊！""今时不同往日，周围相熟的人家都搬完了，只剩废墟和荒地，这样的房子已经不是祖上的气候。再说感情有一半是跟村上人的感情，可是现在……"他没有往下说，老头也明白现在村上的人都恨上了他们家。

末了，老头说："小伙子，你看着眼熟啊，是不是哪里见过？"陆伟就傻乎乎地脸红了。老头多看了他两眼，又咳了几声："原来之前在我家后门晃悠的就是你啊！"

后来陆伟常在他家晃悠，晓之以理，动之以情，做做思想工作，当然有时候也帮忙换个煤气罐啥的。

一个月前，老头第一次主动把他叫进屋："听说你最近跟对象黄了？"他想这伤心事到人家嘴里咋还听出个乐呵劲儿了？他勉强点点头。老头继续说："跟你直说吧，我就一个孙女，最近我这身体大不如前，她爸妈也想她回来。过几天她回家，你要是有这本事留住她，这房子以后是她的，要拆要搬，都随你们。"陆伟听得脸一阵阵发红。

此刻，女孩就在他的跟前。都分开那么多年了，圆回来谈何容易！就算落花有意，流水恐怕也是无情的。还是做做她的思想工作，按政策理性化搬迁吧！

出了店门，女孩说："我也好几年没回来了，你带我随便逛逛吧。"

他开车带她去兜风，游览了浙江最美湿地。自然生态区、运动湖区、生态净化区、水生花卉观赏区、水下森林观赏区，可游可赏。烟波浩渺的湖面，摇曳生姿的芦苇，生机勃勃的花草，秀美静谧。她的黑发随风飘动，她赞许的笑容荡漾在他的心中。

末了，他说："我再带你去个地方。"他带她走进了他的老家。20世纪80年代，几乎家家户户都制作丝绵。选茧、煮茧、清水漂洗、剥茧做"小兜"、扯绵撑"大绵兜"、甩绵兜、晒干后即成丝绵。到家时，陆伟的母亲正在翻丝绵被，见还有个女孩，忙停下手中活计，仔细一瞧，倒是笑开了。女孩红了脸，她当然知道陆伟母亲在笑什么。多年前，她第一次上他家里玩，她笨拙地跟着学过翻丝绵。她曾傻乎乎地询问为何白丝绵里要夹一缕红丝绵。陆伟母亲笑盈盈地回应说："希望有一天你能盖上我为你翻的红丝绵被。"女孩才知道红丝绵被是喜被，羞到不行。

踏
TA
浪
LANG

那些年，各种蚕花庙会此起彼落，盛况空前。"香市""轧蚕花""蚕花胜会"，陆伟带着她看遍了蚕乡"桃源时代"的狂欢节。那是属于他的、她的、他们的青春印记。

夕阳西下，陆伟送女孩回家。临分别时，她突然从包里掏出玫瑰花手绢问："你还记得吗？"他怔了怔，他当然记得，虽然它已褪色。女孩的嘴角45度上扬，说："帮我戴上好吗？"他望着她纤细的背，微微颤抖的双手不太熟练地束起她的一头黑发，就像第一次为她戴花一样。夜色中，她的声音温润如玉。"我们全家都同意搬迁了，虽然有点晚，但希望还来得及。还有我，决定回来发展了。看过外面的世界，我才知道最美的还是今日的桐乡。"她转过身，郑重地问，"钉子户家的女儿，你拔钉清障时愿意顺道一起拔走吗？"

"我愿意！"万物有所生，而独知守其根。陆伟将女孩拥入怀中，决心共同守住这片生他养他的土地。

马家拉面家的女儿们

马家拉面家有三个女儿，大女儿二十三岁，二女儿十八岁，小女儿三岁。老板是个腿部有残疾的人，但他从不忌讳这个，他忌讳他生了三个女儿，他总感觉别人都用异样的眼光看他——瞧，这是个没用的男人。

最近，他一根筋地想要招女婿，把大女儿留在家里继承家业。可他这家业不大，大女儿不漂亮不说，还冷冰冰的，像样的男人都不高兴娶她。结果有个腿部有残疾的年轻人几次登门，老板抢起鞋把他赶了出去，说这家有一个腿部有残疾的人就够了。小伙子回应："我一双手能抵人三双，关键我第三条腿不瘸就行，给你生十个孙子都姓马还不成吗？"老板居然被打动了。

小伙子留了下来。他所言不假，干活麻利，做出的面口味纯正，客人络绎不绝。日子久了，老板发现大女儿和小伙子除了"哎，切个洋葱""汤好了"之外全无沟通，倒是二女儿老是和他头支在一起看手机，经常笑作一团。

他琢磨着不对劲啊，二女儿像他，脸生得俊俏，人又活络，可别栽在一个腿部有残疾的人手里。他找来两人谈话，小伙子拿眼神瞟了下姑娘说："都听她的，她说什么便是什么。"女儿说："我决定跟他了。"老板气得半死，给了女儿一巴掌："他是个腿部有残疾的人啊！""爸爸，你自己也是啊。我妈当年要跟你时你向我外公保证会让她过上好日子，结果你把我们四个都养得白白胖胖的。脑子灵活、手脚勤快才是最重要的。""你还小，以后你会发现这世上可以选择的男人多了去了。""如果左顾右盼、东张西望，那肯定很多，但像我妈那样认准一个一条道走到黑我觉得也很幸福。"

老板了解二女儿，她认准的事十头牛也拉不回。小伙子干活更卖力了，跟二女儿把整个店打理得井井有条，新做的 LED 招牌也格外亮眼。亮的不仅有招牌，还有大女儿。她本身厨艺一般，也不喜欢跟人打交道，妹妹和小伙的亲热劲显得她更多余了。

这一天打烊后，大女儿拿出行李袋跟父亲告别。"你还是要去找他？""嗯。""爸爸永远在这里等你。"老板到最后也不忍告诉女儿，她十六岁时让她等他的男人早已在外地娶妻生子了。在他失联后的第二年老板就托人去找过了，那男人居然说："我从未喜欢过她。"

看着女儿远去的背影，他想她又何尝不晓得那男人已变心了，只是她仍放不下执念。有些路啊，只能自己去走，就像小马过河，老马说深说浅，它还是要过河，那就放手让它一脚深一脚浅地去吧。有时候，只有面对了才能翻篇。

他这么想时，小女儿一骨碌爬上了冰箱。"哎哟喂，我的小祖宗，你要吓死你老爹啊！"新生的姑娘跟假小子般横行霸道。他看着她想：你要是个男孩子该有多好啊，姑娘家在感情路上总是容易受伤。小女儿睁着一双圆眼睛，似懂非懂地摇了摇头，仿佛在安慰他："你放心，我不会受伤的。"他笑了，这小丫头懂个屁啊，以后路还长着呢。

踏
TA
LANG
浪

春风十里不如你

他第一眼见到她时其实是讨厌她的。

新进职员的初次培训，她就迟到了。她从后门偷溜进来，恰巧坐在他身边。他最讨厌迟到的人，更讨厌的是她还拿出大饼油条啃了起来，发出小老鼠一般的声响。老师往这边瞄了一眼，她整个人俯身趴在了他的腿上。他的脸红了，她轻声说："大哥，江湖救急，别介意啊。"

老师说："请最后一排的女生回答问题。"她清清嗓子："甲方和乙方的关系如同大饼和油条，是密不可分的。"堂上一片哄笑，老师推推眼镜说："回答得很形象，遵守纪律和回答问题一样好就好了。"她朝他吐了下舌头。他有点佩服她。下课了，她说："不好意思哦，你的裤子……"他一看，裤子上有两个油手印，他又好气又好笑。

她又很认真地对他说："你长得好像我前男友哦。"他的脑袋就嗡嗡作响了，这种话怎可以张口就来！他说："小姐……"她马上打断他："说谁小姐呢你？"他傻眼了。她马上咧开嘴露出两排牙大笑起来。

后来她常常这样笑，而他总是沉迷其中，甚至忘记了她已有婚约的现实。她却不曾忘记，总是忙着给他介绍女友。看他一副过尽千帆皆不是的样子，她忍不住问："你到底要个怎样的？""你这样的就行。"她竟大言不惭地说："我这样的是孤品，懂吗？被人定掉了，没有了。"是啊，再也没有了。

接下来的相亲，她决定陪他一起去。她自称他的表姐。进去没到十分钟，她就暗示他该结束了。一出门她就嚷嚷开了："什么人嘛，全程黑脸，好像我们欠她五百万。"他就笑了："相亲嘛，本来就是大千世界，无奇不有，多几次就习惯了。"她踮起脚拍拍他的肩膀说："放心，下次我一定介绍个好的给你！"

那一晚，他回到家，把外套挂了起来，外套上有她的护手霜气味，旁边正是那条留有油手印的牛仔裤。好的未必是他要的，他要的是有生活气息的。

她终是嫁人了，两年后他也结婚了。同期生聚餐，他把妻子也带去了。一进门，就见她眉飞色舞、手舞足蹈地讲着什么。妻子坐在一旁听她说，从头到尾安安静静的。她说的都是生活中的琐事，说她怎么和老公"斗智斗勇"。听的人感慨说："咱大家的婚姻生活都是平平淡淡的，就你的还充满情趣。"她乐得笑开了花，他的脸却别了过去。

散场时，他妻子走在前面。她追上来拍拍他的肩膀说："找的媳妇不错啊！"他笑笑没有作答。回去的路上，妻子说："那个女的还真是有趣啊，和她一起生活一定很有意

踏浪
TA
LANG

022

思。"妻子温柔如水，善解人意，是个好老婆。

　　那一晚，他把外套脱下，看看她手拍过的地方，想到的是"春风十里不如你，秋思一半赋予卿"。他闭了闭眼，把衣服放在洗衣机上，明天，勤劳的妻子会把它洗掉的。

两头的故事

"两头开门"在桐乡也叫"两头花烛"，就是小夫妻两头安家，在结婚时聘礼、礼金都不需要往来，开销各付各的。

两头开门闹出了好些故事。

一

姚阿姨的儿子辉辉找对象以挑剔闻名，这让她忧心忡忡。

有一天，他突然带回个姑娘。姚阿姨夫妻俩对她一见倾心，喜欢得不得了。姑娘也是漂亮又乖巧，"叔叔""阿姨"叫得那叫一个嗲，姚阿姨心想：到底怎样的家庭才可以生养出这么好的姑娘？姑娘走之前，姚阿姨从保险箱里摸出一条老金手链死命给她套上，姑娘拗不过她的热情只好接受。

姚阿姨托熟人打听了一下，人家回复说："姑娘清清白白，家教很严，都没怎么谈过恋爱。听说人家对你儿子也挺满意的。"

夫妻俩听了激动不已，他们催促儿子快点提亲。辉辉正有此意，赶紧向女方表示结婚意愿，但结果却让人大跌眼镜：女方要求两头开门。

姚阿姨犯了难，论家世、相貌，儿子样样上等，两头开门说出去脸往哪搁呀！她越想越躁，一夜冒出三个口疮来。

辉辉说女友特别孝顺，她爸妈说什么就是什么。姚阿姨表态："这样的人家，这样的姑娘，我们不要也罢。"辉辉土着一张脸："这回要是分了，我以后再也遇不到喜欢的了。"姚阿姨牙齿咬得咯嘣响："就是你这种没她不可的样子，才让人提出两头来的！"

姚阿姨好几天都愁眉苦脸、夜不能寐。她曾是县越剧团的台柱子，美了一辈子，突然就老得不能看了。周叔叔看在眼里，心痛不已，主动提出聊聊："我当年追你的事你还记得吗？"姚阿姨哪会忘记，那是她一生最风光的时候。

那时追她的人很多，周叔叔条件算差的，大家都说他癞蛤蟆想吃天鹅肉，但最终他吃到了。

周叔叔说："当年你应下这门亲事，条件是要我做上门女婿。我爹妈也是一百个不乐意啊，可我还是做通了他们的思想工作，因为我知道娶到自己喜欢的姑娘有多难。辉辉是我的儿子，他骨子里也有不愿将就的成分。日子反正是人自己过出来的，娶进来的不是真爱还不如两头。"

姚阿姨缓缓呼出一口长气，算是应了。辉辉顺利结了婚，婚后开了个店，生意很火爆。新婚的妻子内外兼顾，完全是一把经营好手。岳母想着这可是自己家的店，也常来帮忙。店里每月毛利润五位数，姚阿姨听店里的播报器不停地播着"微信付款成功"，心里乐开了花。

二

一年后，辉辉的老婆怀孕了。姚阿姨每天燕窝伺候，当娘娘一般供着。

到生的时候孩子太大生不出来，一家人在产房外面蹲来蹲去。四十八小时后，医生出来宣布："胎心不好了，还是剖了吧。"辉辉签字的时候，姚阿姨瞧见亲家公跟亲家母窃窃私语，脸色甚差，一半心疼闺女，另一半大致是说这剖宫产再生二胎就难了，过三年不说，还得再挨一刀。

孩子出来了，是个女孩，长得很水灵，姚阿姨心里是高兴的，但这高兴总有顶乌云压着。按先前谈妥的，这女孩跟辉辉姓，再生一个跟女家姓。那要是再生一个男孩凑成"好"字是圆满了，可这男孩要跟女家姓，姚阿姨就心塞了。

过了三年，儿媳妇的肚子又大了起来。不是姚阿姨不愿伺候，只是亲家母都跑在了她的前头，约定俗成这是女家的孩子，合情合理。这次择了个好日子就进医院剖，倒也爽气，是个男孩。看着亲家那个嘴都快咧到耳朵上了，姚阿姨的美尼尔综合征犯了。周叔叔一边帮她按摩太阳穴一边念叨："你这是干啥？每天瞎折腾，把自己身体都搞坏了。"她抬抬眼，电视里放着一部叫《二胎》的电视剧，她头一歪又滚倒了。

三天后，姚阿姨在病床上睁开眼，一看是儿媳妇坐在床前。"你出院了啊？这次我都没照顾你……"说着她心里满是愧疚。儿媳妇倒是笑盈盈的，掏出一个东西说："妈，你看看，送你一剂良药，你的病马上就好了。"一看，是个出生证明，上面的男孩随她姓了"姚"，她目瞪口呆愣在那里。儿媳妇接着说："我做通了我父母的思想工作，小的姓姚，大的跟我姓，反正还没上学，一切来得及。"姚阿姨明白过来，热泪盈眶，紧紧握住儿媳妇的手。

等儿媳妇走后，辉辉坐了过来："我当年就说她是个孝顺姑娘没错吧？她一见你这心病犯成这样，赶紧找她爸妈商量，说家庭和睦、婚姻幸福最重要。孩子么，哪个姓姚哪个姓张，都是咱俩的孩子。"姚阿姨流下两行热泪，心想我活了一把年纪，还没儿媳妇懂事，接下来我一定要加倍地待她好才是啊。

三

儿媳妇一出月子，姚阿姨就张罗全家聚餐。辉辉一双儿女，大的聪明伶俐，小的憨态可掬，姚阿姨满脸堆笑，心想我何德何能修得这样的福分。

酒至三巡，亲家微醺，明显说话开始打结了。他开始念叨起陈年往事，说他的父亲重男轻女，三代单传传到他这儿生了个女儿。好在女儿巾帼不让须眉，红颜更胜儿郎，样样都很出挑。他父亲很喜欢自己的孙女，也舍不得她嫁出去。她跟辉辉谈对象时，老人跟儿子儿媳妇提出两头，这才有了开头那一幕。

听到这里，周叔叔出来打圆场："在桐乡，独生子找独生女，女方都会提议两头的啦。"

亲家母倒是个爽快人，笑着打断他说这还真是不一定。自己闺密想要嫁女儿，碰上个男方拼命想两头。因为结婚对于一般家庭来说确实开销不少，买房、装修、办酒席，一个婚结下来全家几十年辛苦积攒下的钱一下子就花掉了，不借已经算不错了。"两头开门"其实也有好处。

一顿饭下来，大家说了好些"两头开门"的故事，听听真是家家有本难念的经。散场时，辉辉和老婆走在最后。老婆凑上来耳语："以后你儿女的嫁娶你怎么想的啊？""碰上像你我这样情投意合的，爱嫁嫁，爱娶娶，爱两头的两头，我全没意见。"辉辉说着搂住老婆，两人发出爽朗的笑声。两家老人转过身来，会心地笑了。周叔叔叫小孙女给亲家公递了根香烟，姚阿姨挽起亲家母的胳膊询问她在哪里烫的头看上去这么年轻，大家步调一致朝家的方向迈去。

何时变成老司机

素素十八岁那年夏天，满脑子都是如何变成老司机。她刚学车两天，手脚忙乱，顶着炎炎烈日，面对教练的铁面无私，离拿驾照遥遥无期。

还有个学员叫高聪，人高马大，皮肤黝黑，和身材娇小、肤色白皙的素素正好形成鲜明对比。教练说："你俩怎会住一个小区呢？完全是两个星球的人啊。"素素马上发现他所言甚是。

第二天高聪给教练送了条红中华，教练拍拍他的肩膀："小伙子，聪明人啊。"素素撇撇嘴，这种事儿她做不来。随后，高聪和教练两人耳语了几句，教练立马喜笑颜开："你小子可以做情报员啦，居然知道我喜欢吃粽叶猪蹄！"高聪说："您只要去拿就行。"素素听得一身鸡皮疙瘩，心想这人把马屁都拍到猪蹄上了。中场休息，妈妈打电话来询问晚饭吃什么，她眼珠子一转："吃猪蹄，粽叶猪蹄。"她回头和高聪四目相对。他像一尊如来佛般笑盈盈地看着她，她反倒脸红了。

没过几天，高聪就展现出过人的聪明，他把指令完成得分毫不差，这就衬得素素特别笨。教练气到冒烟，往她头上来了两记麻栗子，像嫩豆腐般被捧着长大的素素顿时梨花带雨。结果一整天，高聪也突然不会开了，教练直摇头，说："'笨'也是会传染的。"

回家路上，两人一前一后，素素踩在高聪长长的背影里，忽然觉得他们成了一个世界的人。

素素跟她妈打听高聪。"他是我们小区最有出息的孩子，四川大学的高才生，明年要去牛津念研究生了。""那以前怎么没听过啊？""比你大了几届，再说你和他根本不是一个层次的，有什么好说的！"

不是一个层次，这样的两个人为什么会相遇？日子火辣辣过着，素素以勤补拙，进步明显。有一天她没去学车，一起学车的人说："昨天你没来，我们想死你了。"素素用余光看了一眼高聪。旁人用胳膊肘顶了下他，问："你说想不想？"高聪清了清嗓子："想。"大家哄堂大笑："原来教练就骂你，你不来我们每个都挨骂，你看你有多重要。"素素脸憋得通红。回去的路上，高聪追上她："早上的玩笑话，别放在心上。"素素想到底哪句是玩笑话，是"想"吗？

候场考试。素素的手冰冰凉，高聪的手突然覆上来，握了握她的手，他的手很暖，他的眼神更暖，似乎说着："你可以的。"

大家顺利通过考试，一起去庆功。喝到微醺，高聪和素素同路回家，到门口，她突然转身抱住他，他波澜不惊，说："你喝醉了。"她点点头，悄悄抹掉眼泪。

他们没再联系。近一年后，汶川地震，素素看到新闻心头一紧。她给在成都的他发去了短信，一天后他才回她："我这儿没事，谢谢你。"她能读到他话里的客气。

那年夏天，素素已能开车上高速了，她已成了曾经梦想的老司机。原来世界上有些事是努力就能做到的，而有些人是再怎么努力也够不着的。

前妻要结婚了

张伟的前妻要再婚了，他不是从别人那儿听说的。周末，他像往常一样从前妻那儿接了儿子出来，吃比萨时他随口问了一句："最近有啥新鲜事儿?"儿子用鼓鼓囊囊的嘴说："我妈要结婚了。""谁?""我妈呀。"张伟一下子脑袋有点真空："跟谁?""就上次跟你提过的那个音乐老师。"张伟差点脱口而出——那不是玩玩的嘛！但当着孩子的面不好瞎说，还是去找他妈谈谈吧。

前妻同意谈谈，约在傍晚，某大学的操场边。他心里咯噔一下，他们是这个大学的同学，谈恋爱那会儿夜夜在此操场走个百圈都不厌。前妻选这种地方，是余情未了吗？

到了那儿，前妻风姿绰约地向他走来。有那么一瞬间，他竟怀疑那不是他的前妻。结婚前她年轻可爱，总是发出百灵鸟般清脆的笑声。结婚后二人马上有了孩子，前妻一下子从少女变成了妇女，每天蓬头垢面、唉声叹气的。以前没下班就心心念念回爱巢的张伟，拖拖拉拉加班的时候越来越多。这更加剧了恶性循环，他在家要么心不在焉，要么吵吵嚷嚷。张伟看着单位新来的漂漂亮亮的小姑娘，产生了"我这一辈子难道就要在苦难中过"的想法。

思想斗争了一年后，张伟提出了离婚，他净身出户，孩子留给前妻。前妻那会儿是披头散发、痛哭流涕地苦苦挽留他，她说："大家不都是这么过的吗？熬个几年就轻松啦。"

张伟头也不回，拂袖而去。他神清气爽地活了几年，感情生活也不乏味。头几年，前妻对他恨之入骨，他去接孩子时她都不愿见他。再过几年，他也听说她在相亲，带着孩子不尴不尬定不下来。两年前，孩子跟他说妈妈的新男友是个音乐老师，才二十多岁，关键是未婚。他想她是彻底放弃再婚，抱着过一日算一日的心态。

这么想却等来了前妻要再婚的消息。此时，前妻已走到跟前，她手指向球场中央，一堆人中一个年轻小伙子正在和他们的儿子热战。"就是他。"她的声音温润如玉。"不是音乐老师吗？怎么在搞体育？"她笑了："儿子的梦想是足球选手，他就找少体校老师陪着一起练呗。"足球，是张伟读书时候的最爱，他可以不吃饭但不可以不踢球。他看了看自己略显发福的肚腩，他已有十年没碰球了。

"这么年轻而且是搞艺术的人能靠谱吗？"他发出了质疑。"年纪大、工作安稳的就一定靠谱？"前妻看向他，那有所指的目光让他背上发烫。"要不再想想，看看他对孩子是献殷勤还是真好。""至少人家愿意费那份心，孩子大了有自己的判断能力。"

张伟知道前妻经历这些年的风雨，早已化茧为蝶，不再是那个处处依附于他的纯情少女。临走时，她给了他一张结婚请柬。那炫目的红色请柬上，一对新人珠联璧合，甚是相配。酒宴办在本市最高档的酒店里。张伟想起他和前妻的婚礼：她不过是穿了件红色呢子大衣，两家人一起吃了顿饭。那时他对她说形式并不重要，他真心待她好，他们幸福才是关键。

回去的路上，张伟突然觉得有点冷，一种把老婆孩子拱手让人的冷。

爱情主动权

我的高中同学霖霖，兜兜转转十年，还是和前男友走到了一起。神奇的是，她挽着他出现时，我竟没有认出他来。当年，他胡子拉碴，五大三粗，今日反倒一脸斯文，含蓄内敛，完全变了个人。

贾云天那时是学校的风云人物，抽烟喝酒早恋都是小意思，但比起别的坏孩子来说，他有情有义、感情专一，口碑并不差。每次霖霖走在他身边，他都会情不自禁地往她头上摸两下。之后贾云天他妈跳了出来，棒打鸳鸯。

后来我们毕业了。霖霖填了个新疆的学校，躲到了天那边。而贾云天就近读了大学后，开始接手家里的生意。有钱人总是不缺女朋友的，只是没有了长线女友。每次他把手往女伴头上一搭，要么质感不对，要么味道不对，然后整个人就不对了。

突然，贾云天他爸帮人担保出事了，企业濒临倒闭。贾云天辗转奔波，最艰难时想用家里产的围巾吊死的心都有。那样的夜里，他拉下脸给霖霖打电话，电话通了，他一言不发，她也默不作声。末了，他哽咽了一下，她说："早点睡吧。"那语气好熟悉，就好像这些年从未分开过，每天都是这样平淡温馨的话别。最后他家度过了危机，他也一夜长大般换了个人。

他们并不是那时候复合的。霖霖毕业回乡工作，有一天单位里来了位阿姨，对着她看了很久，欲言又止。中午，同事跑来取笑她，说："人家阿姨问你有没有男朋友，准是看上你了。"这种事常有，她也就没放在心上。

第二天，一个烂熟于心的号码来电："一起吃晚饭？""我要加班。""那我等你。"两个人又走到了一起，只是这一回都是他迁就她，配合她的时间，甚至陪她和她的小姐妹去逛街都默默走在后面拎包。这样的贾云天是十年前大家想都不敢想的，霖霖在这段感情里掌握了主动权。

我告诉霖霖："古代也有新婚之夜互相争着把衣服压在对方衣服上，要在婚姻里掌握主动权的说法。掌握主动权的人比较幸福啊。""还是十年前幸福吧，那时他多看我一眼，我就能高兴一整天。""别说得那么纯情。"她笑出了声："如果真的有被吸引，那就是他那时无所畏惧的模样吧。"

她顿了顿，又说："其实主动权到最后都没在我们手里。那天来的是他母亲。不久前他才告诉我，他妈妈回去后跟他说'见到你天天枕着（照片里）那个姑娘了，这么多年也就她那会儿对你还可能有点真心，还有人家现在没男朋友'。然后他一下子觉得云散了，天开了。"

先成家后立业

　　张昂毕业那年工作还没找妥当，女朋友就怀孕了。所谓无知者无畏，女朋友巴巴望着他时，他说："怕啥？咱生！"

　　张昂父母早就知道他有个小女友，在他手机桌面上，在家门口的小树林里，他们隐约见过几次。但张爸爸在单位还是中流砥柱，常有小姑娘追着说"好帅好帅"，张妈妈也自称跟一代玉女周慧敏是同龄人，不屑于和一群大妈去跳广场舞。突然间要成爷爷奶奶，这节奏他们接受不了。

　　他们决定找张昂好好谈谈，结果还没开口，直接让他给堵了回来。他说："不以结婚为目的的恋爱就是耍流氓，你们愿意儿子做流氓？这姑娘和我好了三年，迟早是要结婚的，结了就得生。这物价一天一个样，早生早划算啊。我俩现在是没经济基础，但只要肯干，日子总过得下去的。"

　　张昂爸妈沉默许久，在他们眼中还是孩子的张昂以这样突然以及决然的方式长大了。爸爸拍了拍他的肩膀，意味深长地说:"当爸爸没你想得那么容易。"这就算是默认了。

果然这"不容易"就排山倒海扑面而来了。平日温顺的老婆怀孕后性情大变,动不动就以"怀了你的孩子"相要挟。"张昂,给我倒杯水,你儿子渴了。""张昂,你想烫死你儿子啊?!""张昂,水有股怪味,是自来水不是纯净水吧?"张昂终于发飙了:"我儿子!我儿子!这孩子是我一个人怀上的吗?"

孩子出生之后,就跟孙悟空转世投胎似的。白天睡得香,拿锣敲不醒;晚上不睡觉,抱了还要颠。有次孩子连哭六个小时找不着原因,张昂围着餐桌转了五十圈,他绝望得恨不能把孩子扔窗外去。

张昂妈来带孩子,婆媳矛盾激增。婆婆刚把孙子裹严实了,媳妇马上就给拆了。媳妇没奶水,婆婆追着喂奶,孩子饿得哇哇大哭,婆婆念念叨叨:"你们现在这帮年轻人是怎么了?我们那会儿奶多得跟消防大队的喷水枪似的,止都止不住。"

张昂有天看到老婆倚在窗口从十七楼往下看,他连忙把她拽了进来,问:"你这是怎么了?你别吓我啊!"老婆回答:"有一种病叫产后抑郁,你懂吗?"他立马让他妈走了,搭上俩人工资去请保姆带孩子。

这样过去三年,孩子上了托班,算是熬出头了。这时单位接了个大单子,需要没日没夜加班两周。一个部门里年纪大的已没了冲劲,年纪轻的忙着谈恋爱,张昂自告奋勇挑起大梁。

踏浪
TA
LANG

某天深夜他回到家，看到沙发上等他等得睡着的妻子。他已经很久没有近距离端详过她的脸，她年轻的脸因为生孩子留下些斑点。房间里孩子的呼吸声格外温馨，让他感到加班的疲惫又算什么。

项目顺利完成，张昂得到赏识做了副经理。前期、同期的人自然不服，但没关系，"人事的纠纷"他在孩子出生前后就从父母、岳父母、妻子，甚至孩子那里充分领教过了。

一起长大的小伙伴还单着，人家妈妈遇见张昂就说："还是你命好啊。"张昂笑笑不作答。回去的路上他想，不同人不同命，他是先成家后立业的命，认可自己的命就好。

爱情的俘虏

桃花雨中，他在念着谁？

是谁，让他跋山涉水，不远千里，只为见她（它）一面？

在那桃花盛开的时候，千年的风从灼灼的桃林中穿过，摇曳着艳丽的桃花，醉人的馨香扑面而来。在桃花丛中，隐约着一个款款移动的女子，少女的清香与花香混糅在一起。

画中的女子两颊飞红，面带娇羞，目光躲闪，却又忍不住兴奋地顾盼。人若桃花，两相辉映，怡人的快乐迅即涌上心头，甚至可以听到女子的心声："来吧来吧……"那画中的地方，即是他将要去的求学之地。

（一）2012 年

四月里，他站在窗前。桃之夭夭，灼灼其华。一片花瓣落到玻璃上，落进他的眼里，落进他的心中，化成了她笑盈盈的脸。他知道她对他有好感，追她不过就是一句话的事。他一个电话打过去，未到两秒，她的声音热乎乎地迎面扑来。他不禁笑了，原来她一直在等他的电话。"一起到花海散步吧。""好。"她爽快答应。

这是他到此处求学的第一年，弥勒桃林下的第一场花瓣雨。而她，不是他的第一个女朋友，也不会是最后一个。

朋友们觉得他才华横溢，问为什么不挑战高难度，找个校花什么的，却只就近吃了窝边草。他笑着不答。其实他见她的第一面就被她那张嘴吸引了。她笑时好似桃花怒放，嘟嘴时好似含苞待放，哭时泪水从唇瓣上滑落，就像朝露从花瓣上弹起。从那以后，他就不时琢磨着与那张嘴接吻是什么感觉，当他的舌头滑过她的牙时，会不会有花蜜的甜味。

两人在桃林中漫步前行。在那桃花盛开的地方，风从灼灼的桃林中穿过，桃花摇曳，桃枝婀娜，馨香醉人。少女的清香与花香混糅在一起。这是画中的景象，更是他梦中的幻象。他不禁轻吟："桃花一簇开无主，可爱深红爱浅红？"她昂起头嘟起桃花嘴，佯装生气地问："那我是深红还是浅红？"他莞尔一笑，吻住那唇（花）瓣："深红浅红皆是你。"

（二）2014 年

这是他们无数次穿梭在十里桃林中的一次。他以为他不过一时迷恋她的香气，转眼两年过去，他还是不能从她的脸上挪开视线。他迷恋她的唇，更迷恋她的眼。她瞳孔中的他在夭夭桃实、灼灼花枝的衬托下，踏实而幸福。

两人十指相扣，继续向前。他轻述："山上层层桃李花，云间烟火是人家。"遥望山顶，在花木掩映之中，升起了袅袅的炊烟。山美，花木美，山村居民劳动美。水中泛舟，他感慨："渔舟逐水爱山春，两岸桃花夹古津。……春来遍是桃花水，不辨仙源何处寻。"小舟顺溪而下，追寻那美妙的春景，夹岸桃花映红湖水。花树缤纷，停住了时光，停住了人心。此日又逢春天，依然遍地桃花，那一刻他多想他们就这样一路开花，然后结果！

（三）2016 年

凌晨，她突然醒来，毫无睡意。她披了件外衣站在窗前，转眼之间，又是一年春风扑面。小镇的春永远有种香气，一切寂静安宁。渔夫手执长长的撑杆划过水面，船从远处缓缓游来，路过她的窗口，沿河而下驶向远方。

在她背后，他的呼吸清晰均匀。她悄悄爬回被窝，将头抵在他的胸口，那里的心跳真实有力。不知不觉间已过四年。此刻，她已习惯她的右边是他。清晨她醒来时，发现自己的脚已被他焐热。在他面前，她既可以当深红也可以做粉红。也许现在是他们上辈子、这辈子、下辈子……最近的距离。不久后，他回他的故乡，他们的爱情看不到明天。她深吸了一口桃花香，至少这一刻她对他是有些情的，她相信他对她也是，在还年轻的今天。

爱在这里开始，也将在这里轮回。愿生生世世相遇在桃林，读你懂你千百遍。

（四）2018年

她跋山涉水，不远千里，坐四个小时车去看他，过一晚，她又要坐四个小时车赶回去上班。她挽着他的手说："我们真的很不容易，很了不起。"他突然侧过身说："如果有一天我们真能结婚，我允许你在喜宴台上，敲锣打鼓，向众人炫耀我们是怎样创造了一个传说。"她的睫毛动了动，像风穿过十里桃林。

第二天清晨，她摁下闹钟准备起床。睡梦中的他闭着眼睛，猛然间握住她的手死死地贴在他胸口。至少这一刻，他们的心在一起跳动。她走了，在窗口的花瓶中插上一枝桃花。多年前，他被桃花迷得挪不开眼，要去摘时，她曾阻拦说，在一睁一闭中，你我已融入这桃林，桃林已刻画入你心，又何须带走一枝呢？带走的过些时日便会枯萎，那时徒留悲伤罢了。

他望着那枝桃花在风中颤抖，他知道他放不下的是那片桃林，是桃林中的她。

（五）2022年

他重回十里桃林。还是春光烂漫、百花吐艳的季节，还是花木扶疏、桃树掩映的门户，然而，使这一切增光添彩的"人面"却不知何处，只剩下一树桃花仍旧凝情含笑。

他苦叹："去年今日此门中，人面桃花相映红。人面不知何处去，桃花依旧笑春风。"谈恋爱时发生的很多当时确信将永生难忘的事他都忘了。忘记了第一次吻她，却记得那些桃瓣倔强地牵绊住他，迷住了他的眼他的心。那时，与他相爱的是她。日后，与他相爱的则是它们。

他回过神，桃花丛中缓缓走来一位女子。是佛听见了他的心声吗？她的唇像怒放的桃瓣，她的瞳孔映出夭夭桃实、灼灼花丛中那个爱情的俘虏。是的，那个俘虏就是他，不久前他才晓得桃花的花语——爱情的俘虏，说的就是他。不远千里，跋山涉水，桃花雨中，来找她（它）的他。

第二部分

踏浪

双 面 伊 人

　　泰和不是警校毕业的，他考进警察队伍后对体能很是担心。他一走进集训中心就看到两人在格斗，一人先防拳再防腿，以快破敌，摔擒合一，彻底将对手制服在地。再定睛一看，那人的马尾如她的动作般雷厉风行，甩到了空中，甩在了泰和的小心脏上：世上竟还有这样的女子。

　　她叫丫丫，自我介绍时说"丫头的丫"，男民警嘘她："是臭脚丫的丫吧？"她白了一眼，那眼神足可以杀人。

　　大家完全不把丫丫当女人，她也从不扭捏。大伙儿去喝酒吃饭，还研究着菜单，她就不耐烦了："一个个磨磨蹭蹭的，烤鱼、焖鸡、油爆虾、青菜炒香菇、豆腐菌菇汤……一箱啤酒，OK。"

　　有鱼有肉，荤素搭配，大家酒足饭饱，心满意足，齐刷刷敬丫丫："菜点得极好，酒也要喝好。"泰和见她已喝多，便帮忙去挡。哄笑声把菜盘子都震翻了，有人说："你还英雄救美，先拎清谁是英雄谁是美。"临散场，泰和要送丫丫，其他人说："不用送她，流氓要是找上她那是中大奖，非死即伤。"送她到家时，泰和看着她红扑扑的脸蛋甚是可爱，真想咬上一口，但他还是忍住了。

日子流水般过着，有天突然听说丫丫恋爱了，说她对男友柔情似水、小鸟依人。有次上馆子，男友点菜，丫丫一句"都听你的，只要是你点的我都爱吃"，旁边一众头皮发麻。"酒我不太会喝，一杯就要醉倒的。"旁边一众要吐了。泰和看着全程依偎在男友怀里的她，心想："这样的你快乐吗？"在回去的路上，大家议论纷纷，一人说："我敢打赌，他肯定不知道丫丫的真面目，知道了准跑路。"泰和想："她的真面目是什么呢？"

有一天，丫丫单独请泰和喝酒。喝到酩酊大醉时，她哭了。她说："他们家反对他找个女警察，说是作息不规律，还有生命危险。"送她回去的路上她一直哭，梨花带雨的样子让人倍感怜惜，泰和想把她拥入怀中，但他知道此刻她渴求的并不是他的怀抱。

之后，听说丫丫主动调文职岗位上去了。整个警局上下都觉得可惜，一名业务标兵，一代警界之花自绝前途。后来又听说她结婚了，嫁的还是原来那位。

泰和有了女友，女友说话轻声细语，楚楚动人。哥们儿开玩笑说："当年还以为你有怪癖才会喜欢丫丫，到头来还是跟正常男人一样。"泰和心里想："你们懂个屁！"

有天聚会，大家议论纷纷，说是身怀六甲的丫丫在商场徒手擒获了一名持枪男子，这回是要立三等功了。回去的路上，女友问泰和："这个丫丫是不是比男人还男人？"

泰和顿了顿，答："就是个普通女人罢了。"这一晚，下了今年的第一场雪，去年下第一场雪时，他接到了丫丫的电话，那头她的声音温柔至极——对不起，谢谢你。

踏
TA
浪
LANG

等　你

"等你。"分别时，他总是那么轻轻一句，便像约定好了。这约定一约便是一辈子。

二十年前，他已三十岁，写作进入瓶颈，投往各大刊物的稿件石沉大海。他要生存，便在家乡的山上承包了果园，过上了他曾深深厌恶的果农生活。四季杨梅、桃子、橘子牵绊住他的腿脚，日出而作，日落而息，面朝黄土背朝天。坐在橘子树下，他常常感受到血管里的热血膨胀到身体尽头被弹回来的无奈。望着潮来潮去，一望无际，看不到边，如他的心情。

等风来等船来等回音来的日子里，等来了一条留言，来自一位素不相识的陌生人。那人看了他的小说，在他的留言簿里这样写道：我相信有一天你一定能成为一位大作家，这一天或许就是明天。

指尖抚摸着那条留言，平时他视若珍宝的电脑屏幕上出现了一道黑痕。他看看自己的双手，黑黝黝的，因为他摘了一整天的杨梅。是真的，不是做梦，不是假想，有那么一个人认可他的才华。

他在网上加了那个人好友，发现对方居然是个十六岁的搬砖少年，住在海的那边。两个人每天聊一小会儿，由于少年用的是网吧的收费电脑，讲不了几句就得下线。结束语总是"大作家，等你哦"。然后他活动下关节，屏气凝神开始创作。至少海的那边，有一个人等着他更文，少年说一天不看他的科幻小说就搬不动砖。想到这里，他就笑了，仿佛手被握着般，光标触及之处就洋洋洒洒几千字。平台找到他，他成了一名网络作家。他的粉丝越来越多，因为他姓杨，又是种杨梅的，所以粉丝团就叫"杨梅"，少年任团长。每天夜里，踏着月光的行板，他码字，"杨梅"们便默默地守护他、等候他。

两年后的一天，两人闲聊。少年开玩笑说："真想来看看你，看看你的果园。"

"来吧，等你哦。"网友线下见面，那时刚刚兴起。去接站时，他一眼就认出了少年。风尘仆仆的少年，目光炯炯的少年，他等候多时的少年。

少年躺在果树下，听他念最新一章的小说。徐徐微风，柑橘香甜，潮汐环绕，那中间拥着一个写作者、朗读者，脚畔躺着忠诚的支持者、聆听者。

这样的时光年复一年，他的文章每每推出都是平台置顶，他已成远近闻名的网络作家。他结婚早，女儿已出落成水蜜桃一般的大姑娘。而听书的搬砖少年也成长为包工头，发家致富好几年。

果树下依旧是他和少年，果树下还多了奔跑嬉戏的孩子们。少年躺在果树下品着这一季的杨梅。"呸！"少年吐出核来，"好酸啊，像你最近的文字，看了让人心里发涩。"他皱了眉头，心里细细思索是不是最近写得太过晦涩。"哎呀呀，你这个人，我话没讲完呢，一开始是涩，但真读进去了，回味无穷，鲜美至极。"他狠命拍了下少年的肩膀："你这个调皮鬼，跟小时候一模一样。""调皮鬼在那儿呢。"两人一看，他的女儿正帮着少年的儿子爬树摘杨梅，一边摘一边吃，搞得满身都是杨梅汁。

"我啊，在海的那边，每天跟人家谈生意论长短，俗得不行。只有夜深人静读你的文，每年到你这世外桃源来住两天，才觉得我还是那个少年。"听了这话他眼眶有些湿润，他深深知道如果不是少年的鼓励，他早已弃文从"武"。他曾深深厌恶的果园，成了他特有的标签，上次颁奖词形容他是这个时代仅存的田园作家代表。

少年和孩子们要回了。他摘了一篮新鲜的带叶杨梅给他们带在路上吃。

"等你哦。"少年说的是今晚等他更文。

"我也等你哦。"他回应的是等少年明年再来，带着螃蟹黄鱼，带着妻儿，带着海风的思念一起来。

孩子们吃着杨梅，突然发现底下包了本新书，传给他们的父亲，翻开，扉页上写着"这一世幸好等来了你"。他望向窗外，心里想着我又何尝不是呢，海阔天空，幸好有你。

小斌的十八岁夏天

小斌的父母希望他文武双全，所以将他取名"小斌"。他觉得正是父母的贪心，让他文不成武不就的。一米七五的父亲标配一米六五的母亲，偏偏小斌长到一米六六再不见动静。考个野鸡大学，还被调剂到汽修专业，轮胎都抬不起来的小斌整日阴霾。这是连他自己都嫌弃的十八岁啊。大一暑假他不顾妈妈的哀求，恶狠狠地决定留下来干出一番事业。

第一步找工作他就屡屡受挫，好不容易才被一家拉面馆收留，当了伙计。初见店长，他心里不服气：比自己小的丫头居然已是店长，自己还要受她指挥，让他很是不爽。

一周过后，他开始服她。她入得厨房，出得大堂。她喊小斌关空调，他随手一关，她头也不抬却能发现还有一台在冒风。真是厉害啊，这女人！

一个月后，小斌觉得自己已干出一番"事业"。"小斌，收下钱。""小斌，为客人点单。""小斌"已成为店长的口头

踏
TA
LANG
浪

禅，弥漫在整个店。"小斌"成了世界上最美的名字。

一天，小斌上班，见一女孩背对他蹲着，肥硕野性的屁股把他给看傻了。女孩转过头，两缕微卷泛黄的刘海儿垂在额前，深凹着一双大眼。原来是店长，小斌从没发现她有种维吾尔族姑娘的美。这时她朝他招招手，百灵鸟般飞向门外。门外有个黝黑瘦小的男人倚在一辆大摩托车上，原来她是越过小斌朝他招手。这个骑着过气摩托的男人到底是谁啊？难道是"表哥"？小斌酸溜溜地想。店员蹭蹭他的胳膊，说："怎样，两人般配吧？是她男朋友啦，这车好拉风啊……"后面的话小斌都没有听见，他只知道那天他打破三个碗，这一天他是白做了。

后来，他常看到这个男人像条犬般蹲在门口等店长下班。真为店长不值啊，完全没看出这男人有哪点好。有次，见车不见人，小斌往车上狠狠踹了一脚，"哐当"车倒了，他吓得要死，心里却有种快感。那天夜里，他梦见在拳击擂台上把那男的打得屁滚尿流，满地找牙。梦里的小斌高大威猛，早上醒来看着镜中的自己，摸摸肚子，六块腹肌又恢复成了一块肚腩。

转眼两个月过去了，店长每天都小斌长小斌短，把他的心都喊酥了。他想无论如何也要表白一次。他准备用工资买条项链，但是钱不够；看向一枚戒指时，他有点脸红；最后他买下一副耳环。戴珍珠耳环的少女——他心里美滋滋的。

那天打烊，小斌正要开口，灯却忽然暗了。店长捧着一个蛋糕出来，大家说这是店里欢送员工的习惯。黑暗中，烛光把店长的脸衬得很美，那很美的脸边却出现了另一张臭脸，他正得意扬扬揽着她的腰。店长说："小斌，我特地在蛋糕上写了你的名字，希望你喜欢。"小斌看去，上头的"小兵"格外刺眼，原来他在她心里一直只是个小兵而已，他顿时湿了眼眶。她拍拍他的肩膀，说："不用感动成这样啦。"小斌发现她的耳垂上没有耳洞，他一下子哭了，止都止不住。十八岁的夏天就这样结束了，也许这个夏天他会记一生，也许明天他就忘记了。

　　开学后，小斌忽然能抬起那个之前怎么也抬不起来的轮胎了，长出六块腹肌或许也是指日可待的事了。

踏
TA
LANG
浪

月 球 表 面

　　她好像是第一眼就爱上了他。只要在他身边，她的血就是沸腾的；牵着他的手，她就如云朵般轻飘飘的；看到他瞳孔中的自己总是笑靥如花的。但是，最让她动心的，却是他的青春痘。那丘陵般凹凸起伏的脸，得一绰号"月球表面"，萦绕了她的整个青春期。

　　初次倾心是在篮球场上。当女生一边倒地为校草前锋加油时，她偏偏看上了名不见经传的后卫。她送水递毛巾，低到了尘埃里，弄得"月球表面"原本不平的脸涨得通红，她却心怦怦跳。

　　在他混乱着理不清思路时，她已向世界昭告他是她的。他天性内向，懵懂着就站在了她的身边，被她牵住了手，他的瞳孔里印满了让人感动的可爱女人。

　　很多个夜晚，她枕着他的手臂遥望星空，她指着满月说那就是你。夜空中她的声音甜美又空灵："而我，就是离你最近的星，你看，就是亮吧亮吧只看向你的那颗。"他们一齐望着夜空，静逸又美丽。若干年后，她只觉得傻，星星和月球看似很近，实则隔着好几亿公里，永远触碰不到一起。

那时的她是不会想到这点的，他们朝夕相对，每晚分开时，她都要摸摸他的脸，他的痘痘。这颗瘪掉的，虽然不舍但要挥手告别了，幸好新的又冒了出来。"嗨，你好，新人，我是你家主人的心上人。"她捧住他的脸，亲吻那颗瘪掉的痘痘，"永别了，亲爱的。"又亲了下新生的，来个法国式见面礼吧。那时他们爱得纯粹，哪怕日后怎样的别离，至少当时是真的，情话是真的，温暖也是真的。

快毕业了，有时她会莫名地闹心。她没有怀疑过明天，因为她深信，他的明天一定有她。她只是像普通的大四女生般，困扰找工作，困扰着去他的城市还是说服他去她的家乡。直到有一天，他莫名地消失了，去了美国。那时，她才晓得他有个早年离家出国发展的妈，这次回来带他走是彻底的移民。

在草坪上独自仰望星空的时候，她才明白他走之前的那晚，第一次主动请求她吻他是为什么。他蹲下来，指定她吻他眉心的那颗从他们相识最初就存在的痘痘。那时她满心欢喜，以为他开了窍，原来那竟是一种告别。她找了很多他的苦衷，到头来她仍在天平的轻端被弹起，重重摔落在地。她是他人生不重要的，所以被舍弃了。

毕业前那晚，她最后一次去仰望星空，那晚月亮很圆，星空很美，就像时光从未流转。她忽然忆起很久以前，她指着月亮对他说："听说上头住着嫦娥和吴刚，吴刚苦恋嫦娥，那她同意好了。"他难得地开怀大笑："你这都是啥呀！这嫦娥爱的是后羿，从前、现在、以后都是后羿，再也容不下别人了。"那时，她只觉得吴刚可怜，今日她才觉得嫦娥可怜。她望着月球表面的阴影，不禁发问："嫦娥啊嫦娥，后羿不要你了，你还要一直爱着他吗？"泪眼蒙眬中，满天星空模糊不已，好像凹凸不平的月球表面。他的脸突然模糊了，过了这一晚，她就真的毕业了。

住在弄堂深处的男孩

我出生在运河边，儿时住在镇西桥塸，上学总是搭伴栋栋一起去。他是舅舅的干儿子，他妈跟我妈是麻将搭子，他又是我的同桌。那时候，坏人和车都不多，我和他同去上学好像是天经地义的事情。

我总是在他家弄堂口等他，长长的弄堂尽头依稀有些光，每天七点，会从那光里走来一个少年，一个唇红齿白的少年，一个德智体全面发展的少年，一个他朝我笑一笑雨天也能变晴天的少年。

偶然碰见他妈，"阿姨"还没叫出口，她就笑着说："我家姑娘来得真早啊。"我有点害羞，这些话于我是一种最纯朴的喜欢。

同学们也经常说"那个栋栋的谁，你快来"。我就像条件反射般屁颠屁颠跑过去。放到现在，我和栋栋是一对约定俗成的搭档，一对有男才无女貌的官配。

栋栋对我真的很好。为我答疑解惑，为我排队抢菜，他还会默默把我用钝的铅笔削好，把我冻到僵硬的手塞进他的胳肢窝取暖。

当然，他也会惹我生气，会在课上轻轻戳我，一遍又一遍说着刚学的"excuse me"。几年后我才明白"excuse me"只是"不好意思"，"sorry"才是"对不起"。但有什么关系呢？年少的他露出诚恳眼神、卑微语气时，我早已放过了他。

但是新来的班主任无法放过我们，他判定我们早恋。他找来俩妈，两人异口同声地说："天哪，他们不过是从两个肚子出来的亲兄妹。"我愣了愣，"亲兄妹"？栋栋也是这么想的吧，我低下了头。

我和栋栋随着座位被调开而疏远了。他问我怎么了，我反问："我俩是亲兄妹吗？要天天在一起。"每天我都错开七点跑过弄堂口，跑过的时候心又跳又疼。

但人总会学着长大，紧张的初三过去，我居然发挥超常考入重点高中，栋栋反倒发挥失常进了普通高中。他彻底不理我了。

妈妈让我陪她去参加栋栋奶奶的葬礼。我第一次穿过那长长的、墙壁渗着水的弄堂，像穿过一段十八年光阴的隧道，那头是青年栋栋在等着我。里面阴暗、潮湿、狭窄，栋栋披麻戴孝淹没在人群里。他妈喊他去房里拿蜡烛，他沿着木质楼梯往上爬，发出咯吱咯吱的声响，我循声向上，那是个阁楼，只有一张床和一块写字板。

我不知道最后是我搀扶着我妈，还是我妈搀扶着我走出了弄堂，出来后，我猛吸了口气，再往回看，那弄堂深

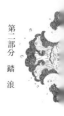

处一片漆黑。

工作后，我们开过一次同学会，栋栋风尘仆仆地从省会赶来。我俩无意间坐在一起，他说："我知道你过得蛮好。"我却听说他在大城市风雨飘摇。

之后，再无联系。又一年，因为拆迁已搬走的栋栋妈来看我妈，她指着带来的荔枝说："我开店那会儿，每到荔枝上市，我总要进的，因为姑娘特别爱吃。"我在一旁鼻子酸酸的。她又说："那时我们是真心实意想着以后姑娘做我家儿媳的，栋栋不说，但心里也是这么想的。怪只怪家里条件太差，孩子自尊心又强，觉得不混出人样没脸回来。"

踏
TA
LANG
浪

那个傍晚，我去散步，原来栋栋家那一片已成废墟。再不会有人知晓这里曾有过一段长长的弄堂，有个女孩等着他的少年，那少年唇红齿白，德智体全面发展，那少年朝她笑一笑雨天也是晴天。

下月结婚的我耳畔反复响起栋栋妈临走前的话："两人终是无缘啊！"

好 的 爱 情

　　这世上的女孩在找对象时大致分为两种：一种要找个"我爸那样的"；另一种则千万别找个"我爸那样的"。我属于前者，我外甥女属于后者。

　　可问题是外甥像舅，她爸跟我爸那是一个模子里刻出来的，特别是性情，都是居家好男人。但转念一想，我跟我外甥女却是截然不同，我生来平凡，也追求平淡。而她，从小拔尖，以全市前五的成绩考入国内最高学府后，开始了轰轰烈烈的大学恋爱。

　　大一时恋的是数学系学长，一个深圳男孩。数学是她高中最弱的科目，取长补短倒也有情可缘。寒假里，她不顾母亲反对，跟男友去了深圳过年。她发了很多五光十色的夜生活照片给我，还感慨道——这世上竟还有这样一个地方。那一年里，她跟着小男友天南地北去了很多地方，迅速从一个黄毛丫头长成一个风情万种的女人。夜里她常常向我念叨她的甜蜜和以后天涯海角也要跟他去的决心。

可是，话还热着，心却凉了。在得知男友劈腿后，她头也不回地结束了她的初恋。

我以为她会伤心几天，谁知她马上就宣布又恋爱了。那是个计算机系硕博连读生，一个东北男孩。她开玩笑说，在南方待了二十年，是时候深入了解北方文化了。

那一段时间，并不见她晒恩爱，倒是常常沉迷于一些计算机领域的难题。那曾经也是她一个文科生的软肋。《圣经》说夏娃是亚当的肋骨，这次我的外甥女是找到她缺失的肋骨了吗？但明显不是，这段恋情很快又无疾而终。

就柳条发个芽的时间，她又投入了新的爱河。这次又是个计算机系男生，一个北京男孩。我心想：计算机系她谈过了，北京大小胡同她也混熟了，这回图个啥呀？谁想她先按捺不住了："你知道吗？他是牛津大学的哎。"我一拍脑袋，顺水推舟问："那是怎么认识的啊？""他在校园论坛里偶遇我，随便聊了几句，看我一个文科生对 IT 领域竟颇有研究，便激起了好奇心说要见见，这一见吧，便被我的美色折服了。"说着她"咯咯"笑个没完。敢情那第二段恋情全为这段做铺垫了。

虽然隔着万水千山，隔着八小时时差，但两人感情是顶顶好的。半年之后，她又不顾母亲反对，漂洋过海远赴英国过年去了。过境时，她被海关问："你爱你的男朋友吗？""是的。"庄严得像是结婚誓词。

她走进了那个我在地球仪上才能见着的国度，深入了解了异域文化。大年初一，我用微信给她发压岁红包，写了个"永结同心"。她回我：谁也不能保证"永结"，但至少这一刻是"同心"的。说着，给我发了张男友给她炖鸡汤的照片。那在厨房忙碌的身影好像她的父亲。

那一刻，我忍不住问她："你想过和他走到最后吗?"她不假思索地回答我："我每一段恋情都是抱着长久的打算谈的。"我语无伦次道："那等下他洗碗时你给他来个身后抱吧，超级浪漫的。""浪漫个头，你以为我找的是我爸啊?'买汰烧'全包了，这碗还得我洗。"这回我俩都笑了，这世上好的爱情，是让人成长的爱情，而好的爱情，也离不开柴米油盐酱醋茶。

○○后冲冲冲

　　医生彬彬和老师小玉本来天生般配，已步入谈婚论嫁的阶段，但半路却杀出个程咬金——○○后啦啦，局势一下就混乱了。

　　啦啦从小害怕看医生，这段时间胸口疼了一阵子，被她妈生拉硬拽进了医院，由此见到了帅医生彬彬。这之后，啦啦再也不怕看医生了，医院有几个门，她知道得比学校有几个门还清楚。她一溜烟径直跑到彬彬那儿，要是有病人呢，她就乖乖坐着，玩完 iPad 玩 iPhone；要是没病人，她就冲上去，像个绝症病人般握住彬彬的手："医生，您发发善心，给听听这儿还有那儿吧，我难受得气都喘不上来……"说着迅速把外套脱了，里面粉嫩嫩的小汗衫上有只卡通兔子，正露出楚楚可怜的眼神。旁边的女医生笑得水喝进了气管，咳个不停，彬彬脸憋得通红："你根本没病。"啦啦郑重地回答："我有病，相思病，再不给治就完蛋了。"说着做了个歪脑袋吐舌头的表情。彬彬被一个○○后小姑娘死缠烂打的事满医院传疯了，他在指指点点中苦恼了一阵后，居然生出几分美滋滋的感觉。

本来这啦啦连个插曲都算不上，但一场旅行彻底让她成了彬彬的主旋律。彬彬一直渴望有场说走就走的旅行。领导破天荒批准他的年休假，他欢呼雀跃时，却被未婚妻小玉当头泼了盆冷水。小玉说："周末要职称考试，胜败在此一举，别说是旅行了，吃饭都没心思。"黯然神伤的彬彬遇到满腔热情的啦啦，她说："我啥都没有，有的就是时间，我陪你去。"

于是，他俩去了福建，开始了四天三夜的旅行。到福州时，有一次在蹦极跳台上，彬彬徘徊不定。啦啦拍拍他的背说："人活一次，过了这村没这店。我陪你跳，就算生不能和你在一起，死我也要陪着你。"彬彬闭着眼睛，身体在嗖嗖的风声中急速下坠，两边山体飞快移动，自感渺小的他睁开眼，身边人只有她。在大幅摆动和不停旋转中，彬彬满眼满心只有这个瘦弱但却顽强的姑娘。

旅行一回来，彬彬就跟小玉摊牌分手了。这些天小玉失魂落魄，她想是不是这些年她教育了太多的〇〇后而遭到了报应。正这么走着神，一个女学生打断她的思绪："老师，我妈叫我请假回家相亲。""相亲？你才多大呀！""老师，你不懂，现在这个时代要有危机意识。"望着这张幼稚的脸庞揣着一本正经的表情，小玉想她是真不懂。

三个月后，小玉逆袭归来。她带的〇〇后毕业班里有个男孩追求她。他送来一束花，花上有张存折，写着：爱情和面包我都能给你，里面的五十万是我这四年挣的，这足以证明我是你下半辈子可以依靠的男人。小玉忽然觉得围城的门要被攻破了。

寿司店花美男

转角那家死气沉沉、濒临倒闭的寿司店突然起死回生、门庭若市了。原来，寿司店新来了一位做牛排的师傅。

"味道很好吗？"人们这样问。

"去尝尝就知道了。不过不要带上老公。"女闺密神秘地笑道。

去了的女客们齐刷刷摆出幼儿园小朋友的造型，双手托着快掉下的腮帮子，蓦然间推上滑至鼻梁末端的眼镜，喉咙口不时发出"咕噜"一下咽口水的声音。

她们奔走相告，新来的师傅帅过刘德华，帅过金城武，帅过王一博，绝对是史上最帅花美男。

原本冷清的寿司店旋转台被围得水泄不通，像极了雨天下班的高峰路段。老板娘连夜改装扩建了旋转台，像盘山公路般，最外圈放着最廉价的食物，只有最内圈才能吃上香喷喷的牛排。

花美男被围在中央，像动物园里的老虎，每个女人都想去摸摸它的屁股，但又害怕被旁边的女人扑上来撕碎。台上放着他的白高帽，女人们约定俗成般放入用餐的小费。常常不到一个小时，钱就会从帽子里溢出来。

中午时分，路过的学生妹透过玻璃窗咔嚓咔嚓，偷偷拍他的照片放在桌面，像晒男友那般炫耀。傍晚时分，富家女坐在内圈，点两份神户牛排，邀请他同吃。她浑身散发着香奈儿的醉人香气，拨弄着手上五克拉的钻戒，从爱马仕包包里拿出 LV 钱包，整个扔在他的白高帽内，指着外面的跑车说："我想它很适合你。"他善意地指指墙角的山地车说："我想它更适合我。"午夜时分，寂寞少妇灌入一杯杯清酒，满脸绯红似醉非醉，将裹着黑色丝袜的长腿伸向他："好热，你帮我脱下好吗？"他绕开她的腿，拍拍她的手，拂去她的泪，说："早点回家吧。"

三个月后，花美男提出辞职，寿司店老板娘应允说："我早知道你干不长，所以找了他接你班。"望向旋转台中央，有一个型男，肌肉从紧身背心里呼之欲出，手臂青筋暴起，正像拉弹簧拉力器那样拉着拉面。他想起之前他来应聘，老板娘没尝过他的手艺便留下了他，只抛出一张韩国男星的照片，说："去弄成这样，再打上三个耳洞。"又意味深长地教导："所谓'食色，性也'，现代人什么样的美食没吃过？女人们缺的只是男人的温柔。"

走出店门，阳光洒满他的全身，他仿佛第一次呼吸到如此新鲜的空气。耳畔响起临走时老板娘的话："我从未问过，你为何会来做这份工作。"

他嘴角 30 度上扬，与午后阳光如此相似。落在庭院的梧桐树影，在风中飘曳的蕾丝窗帘。女孩那端正地束在脑后的黑发，盯着乐谱的认真眼神，搁在键盘上的十根纤长美丽的手指，从那里，弹奏出他和她美妙的人生乐章。

　　他捏了下鼓鼓的口袋，去英国陪读的钱只差这一笔。

踏
TA
LANG
浪

双　生　花

姐姐和妹妹是对双胞胎，出生时一模一样，连妈妈都分不清谁是谁，常常出现一个洗了两次澡，另一个干晾着的事儿。久了，就看出差别来了，姐姐总是笑呵呵喜洋洋的，妹妹则总是蹙着眉冷着脸。大家伙儿虽然心里喜欢快乐的孩子，但是所谓会哭的孩子有奶吃，总是妹妹先吃饱喝足被服侍周到了才轮到姐姐。

长大了，姐姐成绩平平，妹妹却数一数二。这一年，妹妹考上了临床医学的本硕连读，姐姐卫校毕业开始实习。

一毕业，姐姐就恋爱了，对象是汽修专业的勇勇。妹妹一见勇勇，脸就耷拉下来，掉头就走了。"她对我不满意呢。"勇勇说。姐姐安慰说："她就没对哪个男人满意过，我对你满意就行了。"

没两天，妹妹堵住约会回来的姐姐，拿出个PPT给她看，从八个方面二十四条展示她的调查结果——这勇勇就是个渣男，你得离开他。姐姐笑呵呵地回答："他以前是不够好，可现在已经改好了。""江山易改，本性难移。"妹妹咬牙切齿道，"你这种笨女人就是天真。""是呀是呀，大家都晓得我笨啦。"姐姐一边打着哈欠一边说，"早点睡吧，睡得少更笨了，明天我还上早班呢。"

妹妹当然不甘心，各种拆散。可是她快开学了，姐姐和勇勇还如胶似漆呢。这一日，妹妹用姐姐的手机把勇勇约到了河边。他来了一看是黑着脸的妹妹就想溜。妹妹一声大喝："是个男人就别跑！"他愣在那里，转过身来，声音干哑："到底要怎样，你才能相信我是认真的？"

"从这里跳下去，游到对岸去。"他望着这条臭河，咽了咽口水。妹妹冷笑道："连这点事都做不到？"

他脱了衣服，扑通一声跳进了水里，唰唰唰，游到了对岸，探起脑袋朝妹妹招手："现在你信我了吧？"

妹妹捡起岸边的衣服，看着满满围观的人，难得地开怀大笑，冲着对面喊："姐夫，衣服脏了，我拿回去给我姐洗喽。"说完拔腿就跑，独留光身子的勇勇在河里是起也不好，不起也不好。

开学了，姐姐和勇勇送妹妹上动车。北上的行程一去就是半年。姐姐张开双臂拥抱妹妹，这一次她没有像往常般嫌姐姐肉麻。姐姐耳语说："希望你到那边也能遇到一个让你敞开心胸去爱的男人。"抱着姐姐的她正对着笑盈盈的勇勇，指指他又指指姐姐，一抹脖子，做了个他对姐姐不好就灭了他的动作。

车开了，妹妹望着窗外瞬息万变的风景，默默祈祷：但愿姐姐傻人有傻福吧。

登高的女子

峰峰的前女友我只见过三次，两次是在十七岁，另一次是在三十岁。我不晓得她的真实姓名，但对她印象深刻，我叫她"登高的女子"。

第一次见她，是在我们小县城的公园里。那个年代，大家都还偷偷躲墙角处早恋，内向的峰峰却破天荒地牵起姑娘的手闲荡起了公园。我要去看看这个让我好兄弟神魂颠倒、上天入地的女孩长啥样。到了那儿，我直接傻眼，平时胆小怕事的峰峰正趴在最高的石山上，转身去拉一个红衣女孩。下来后，他喘着粗气，女孩倒是镇定自若，大大方方地向我伸出手，说："你好，经常听峰峰提起你，百闻不如一见。"我忙不迭地送上我的手，她的手有些粗糙，再往上看去，她正笑盈盈地看着我，那儿有双摄人心魄的眼睛。

回学校后，我问峰峰："你怎么带人家小姑娘登高啊？多危险啊。"他苦笑说："真是冤枉，是她喜欢登高呀，我

071

是被逼的。她说男子汉大丈夫，登高可以练胆量。"

第一段恋爱总是全心投入，恐高的峰峰成了见山就爬、见梯子就上的登高能手。但爬得高，摔得也狠。峰峰没考上大学，女孩就把他甩了。听说她找了他们大学的学生会主席，毕业后出国了。她走上了和峰峰截然不同的两条道路。

峰峰呢，痛不欲生俩月后，居然考上了电力局。爬电线杆、抢修线路是他最常干的活，三十岁的他因为工作能力出众年年荣获先进，目前已是个带班组长。生活上，他也率先响应国家号召，已是两个孩子的爸爸。但他依然是那个内向的峰峰，一瓶啤酒下肚就胡言乱语甚至痛哭流涕的峰峰。

最近一次聚餐，我忍不住问他："听说你那初恋还跟你联系？"他抿抿嘴说："每次她登上一座高峰，便会给我发张照片，最近登上了干城章嘉峰。"我可以想象她雄心勃勃，登上"雪山之尊"后熠熠生辉的模样。"那么，她就没有软弱的时候？"他顿了下，"每隔两三年，她便会'痛苦'一次。"他将杯中的酒一饮而尽，"她那样爱登高的女人，找不到或攀不上目标时便会痛苦。一山还有一山高，终有她爬不上去的山。但无论如何，我还是要谢谢她，是她让我练就了一身本事，让我有个还不错的饭碗。"这一次，喝了两瓶啤酒的峰峰奇迹般没有哭闹，他是真的长大了。

我没有告诉他，不久前我偶遇过他的初恋。她穿着一身严丝合缝的旗袍，光芒万丈地为活动剪彩。她居然认出了我，笑盈盈地伸出手："好久不见。"我握住这只十三年前握过的手，上面布满了老茧，抬头望去，它的主人正用摄人心魄的眼神看着我。

回去路上听人谈论她，说她嫁给了这个合资公司的外国老板，说她怎么牛。在外人看来，她无疑是攀上了人生高峰。

望着窗外万家霓虹，我突然想起第二次见她的情景，是去看人山人海的演唱会。十七岁的她骑在峰峰的脖子上大喊大叫，下面的峰峰双脚发软，青筋直暴。峰峰也许是她人生攀上的第一座"峰"，那时的她或许就暗下决心，日后她要站在万人中央，感受那万丈荣光。

来，跟我打一场羽毛球

踏
TA
LANG
浪

　　我的老公信奉休养生息之道，我却不敢苟同。望着三十岁后肚子上一层层的救生圈，我购置了全套装备，打起了羽毛球。

　　自己的男人不行，我就瞄上了其他男人。老公单位里那些运动达人成了我的目标。来，陪嫂子打几局呗。我的基础不错，打球该出力出力，该流汗流汗，他们开始主动约我。这群人里我最喜欢小谢。他出身寒门，勤工俭学念到研究生毕业，来大学工作两年，还没对象，时间自由。

　　老公见我总是活力四射地出门，神采奕奕地回家，心里不是个滋味。这一日见我开门，他忙嚷嚷："等等我，一同去。"在小区门口，传达室大爷不怀好意地问我今天约了谁家老公，我白了他一眼——自己家。

　　不过自己家的男人打球是在认真地搞笑，不是打得很偏就是打得很刁，或者用左手打，我不停地捡球，打个十分钟他又说饿得不行要歇一歇。我拿出小鲜肉来刺激他，说跟小谢打的时候我是全程被压着打，根本没接过前场的球。男人就是怕比较，终于又铆足劲打了一会儿，这时小谢来了。老公一甩球拍说："小谢啊，以后找女人得留心，千万别找你嫂子这种拿着机关枪向老公扫射的。"

小谢笑了，笑的还有跟在他身后的姑娘。姑娘芭比娃娃似的，上来没打两个球就气喘吁吁了。她的那个粉红小裙摆飘啊飘的，她就羞答答地下场了。我跟小谢来回厮杀时，瞧着我老公跟人家姑娘窃窃私语，把人家姑娘撩得眉开眼笑的。

换我和小谢休息时，我忍不住问："就她了？"他毫不犹豫地摇摇头："跟着来的，不是我要的。""没想到你小子还挺挑剔的，那你想找个怎样的啊？"他望着我的运动鞋说："就想找个能接住我高压球的女人。"

回去的路上，老公主动开口说："小谢跟这姑娘成不了。""为啥？""姑娘不爱运动，喜欢在家宅着。""那跟你倒是般配。""咦咦咦，还能不能好好说话了？"我笑得前仰后合，旁边的男人方向盘都快把持不住了。

没多久，球场上又来了个姑娘，小谢的姑娘。可是这姑娘完全接不住高压球啊，小谢专属教练般一对一耐心陪练。姑娘倒是刻苦勤奋，进步神速。

回家后，我跟老公描述了见闻。老公毫不迟疑地说："上次那姑娘是双高跟鞋，这姑娘跟你一样是双运动鞋。""运动鞋怎么了？""运动鞋好啊，我不闻着你的臭脚丫，我都睡不着觉。"

一年后，球场里，对角劈吊，网前小球，姑娘把小谢打得满地找牙。休息时我笑话他，问他师傅输给徒弟服不服气，他竟坦然回答："输给爱情，我心服口服。"这时老公喊我："来，跟我打一场羽毛球。"我一跃而起说："好，让你输得心服口服。"

踏浪
TA
LANG

提　　鞋

路过 NL 女鞋店时，我在橱窗前驻足了好一会儿。朗从远而近跑到我身边，推开门，两旁整齐的"欢迎光临"向我们扑来。朗指着橱窗："那双三十七码让她试试。"

走出店门，我一边看着他提着我的新鞋，一边想着刚才与店员的对话。

"你哥哥待你真好。"

"不是哥哥，但也差不多。"这是朗的回答。

"他不是我哥哥。"这是我的回答。我郁闷为什么店员不说是男朋友呢，看着就那么不相配吗？我才不愿意他当我哥哥呢，哥哥和妹妹在一起那是不伦。

我们在商业街的尽头分手，因为他要去打工了。他递上新鞋："小桔，毕业快乐！"是的，我高中毕业了，是不是意味着现在不算是早恋了？

我看着他踏进咖啡馆，我喜欢他在那儿打工。只要在那儿，他一定会接电话，电话里他的声音和咖啡香一起缓缓飘来。我等待电话挂断的吧嗒声，像是落在我心口的亲吻声。

两年前，朗成了爸爸带的硕士研究生。爸爸所有的学生中我和朗走得最近。我问爸爸朗在他那儿是怎样的存在，"聪明的助手，我们互相需要。"爸爸总是直截了当。

每年夏天放假，朗都会回老家海边的店打工。我去过一次，那次我在海滩上奔跑踏浪，朗提着我的拖鞋怕被浪冲走，那样子甚是有趣。

"这次去那边我能住下吗？"我假装随意地提起。

"当然。"他没有一丝犹豫，"如果老师能来就更好了。"

我撇撇嘴，如果我爸去了，我还去什么呀！我回去旁敲侧击了一下，问爸爸我能不能去。我说我们真的情投意合。爸爸淡淡回应："也许不是情投意合，只是迎合。"对话的结尾以爸爸告诉我"朗有女朋友"告终。那晚我僵硬地躺在床上，像浸在冰冷的潮水中，看着我的鞋越冲越远，朗追着我的鞋消失在海水里。

放假前，朗说要请我吃饭。"小桔，想吃什么呢？"他的声音那么温暖，我一直迷恋他那遇茶吃茶、遇饭吃饭的随意，那被我爸爸说成迎合的"随意"。

"那就烤肉吧，再来个冰啤酒。"朗不会像爸爸那样管我喝酒，只会把肉一块接一块烤好，装进我的盘子里，都是精肉，他知道肥的我一点儿都吃不进。他终于沉不住气，跟我提起我爸爸手里还有个公费交流名额，也就是他和另外一个人二选一了。我抿了一口冰啤酒，有那么一刹那，我觉得我吃的不是他烤的肉，是他的肉，在牙与舌间周旋的肉。

回去前，他递给我一片口香糖，把他之前套好避免油烟气的外套给我撑开，我鱿鱼般滑进去。留学名额如果是我给，我一定会给朗，哪怕爸爸断言他那样的人会一去不返。

分别时，我终于问他："你有女朋友了?"他顿了顿，冷静回答："已经分手了。"再不发一言。他走后，我毅然脱下脚上他送的鞋，扔进了垃圾桶。我踩着一路碎石，期盼脚掌的疼痛能掩盖内心的疼痛。脑海中闪过朗几次帮我提鞋的景象，想起他离开时悲戚的眼神，我决定回家最后一次为他说情。

爱 是 重 生

在其他少女怀春的年纪，她对婚姻失去了幻想。父母天天吵架，姐姐也常离家出走。姐姐回娘家，父母互相推诿："你教出来的女儿，嫁人了还回来蹭吃蹭喝。""像你才对，一言不合就回娘家。"

夜里，姐姐轻述："我是因为受不了爸妈，想从这里逃走才早早嫁人的，谁知道从一个坟墓逃进了另一个坟墓。你可千万别步我后尘。"在姐姐的鼾声中，她诵经般默念，今生不要嫁给任何一个男人。

少女的决心很快遭遇了动摇。入职面试，年轻的人事主管问她家庭情况，她如实回答，他看了她两眼说："你好像不快乐。"她杵在那里，离开后才愤愤道，这人太过分了吧，以为自己是心理医生啊，能看透别人的心思。

她被录用了。当新进女员工围着人事主管问东问西时，她站在人群外，像只高傲的孔雀，更像一匹孤单的狼。若干年后，当她躺在他的床上听他讲对自己的最初印象时，她"哼"地笑出了声："你还真以为自己有读心术啊？"他抚弄着她的长发，甜腻地回答："我没有那项技能，我只是在人群中多看了你一眼，然后忍不住又多看了好几眼。"

那时他总是看向她。这让她心烦意乱，心生戒备。他开始约她，可她百般推托。拓展培训，有个项目叫信任背摔。轮到她时，她双腿颤抖，动弹不得。他上去换她下来，让她站在头端。他连做十次，他的头一次次砸进她的怀里，好似一次次把他的命交到她的手里。再换她上去，她想，就相信他一次吧。摔下来，停顿三秒，睁开眼，太阳依旧，他的脸在那光圈里生辉。那一刻，她有些恍惚，有种死后重生的感觉。

等她恢复平静后，他鞍前马后给她递毛巾送饮料，她却撇过头，看着湖水波光粼粼。他站在她身后，声音从四面八方搂住她："在这个世界上，别人怎样我不知道，但至少我是你可以信任的人。"那时，她的肩膀抽动了一下，却头也不回地走掉了，她怕他那真切的脸庞、炽热的眼神会让自己失去自我，走上不归路。

回去那天，他们进了一条土特产街。她对一对杯子一见钟情，他说买了。她拿起另一对也爱不释手，他又说买了。这要搁她妈那儿，准得唠叨。他看穿了她的心思："都是小钱，买个开心也值得。"她被指到软肋，他乘胜追击："随时来我家，我煮咖啡给你喝，用你喜欢的杯子。"

就在那天，她对他说她不想结婚，他故作轻松地回应："那就光恋爱不结婚呗。"她白他一眼，他叫冤："是你想耍流氓啊。"她笑了，允了，爱了。

一路顺水推舟走到了结婚，他对她万般宠爱，她实在找不出拒绝的理由。于是，她踏了进去。

十几年后，她依旧幸福。姐姐姐夫忙着生意再没空吵架。父母老了，每天趴在窗口盼着女儿回娘家。

十八岁时以为一眼看穿的人生，后面还有漫漫前路。三十八岁、五十八岁以为望尽的人生也还存着转折点。她就是一路前行，在爱里得到了重生。

踏
TA
LANG
浪

二舅的书包

"他大舅他二舅都是他舅，高桌子低板凳都是木头……"每次听到这首曲子我都倍感亲切，因为大舅二舅我都有。我妈的大哥大她九岁，二哥大她七岁。

"有两个哥哥肯定是在万千宠爱中长大的吧?"当我这样面露羡慕地问我妈时，她马上否定了我。在她记事之前，大哥已去下乡。后来，春光明媚时她踩着田间小埂，蹦蹦跳跳去给他送饭。等送到时，汤已洒了一半，但好在他并不在意这些小节。她的大哥能做文章，写得一手好字，大哥是高山，是大海，是远方，受到小妹妹的崇拜和敬仰。

"那二哥呢?"妈妈撇过头，"那个人提他干吗?"她絮叨了半天二舅幼时欺负她的事:用被子捂住她的小脸让她喘不过气来;学游泳时偷走她的脚盆害她呛了水;吃饭时用筷子夹住她的筷子，不让她吃肉之类的。"反正他对我不好，我也不喜欢他。"这是与大舅截然不同的态度。

我小时候也更喜欢大舅。他去了上海，成了上海人。

他每年过年都会带精装巧克力和雀巢咖啡给我。巧克力是小汽车形状的，我舍不得吃，每年夏天都融化在锡纸里。咖啡呢，抿来抿去也是苦的，哪里"味道好极啦"？至于二舅，他每次见到我总用他的胡茬来蹭我的小脸。二舅是我童年记忆里见到就要撒腿跑的人。

　　等到我快上小学了，二舅送来一个大红的书包，里面还有个黑猫警长图案的文具盒。我们那儿有个说法，读书的第一个书包由舅舅买，成绩就会名列前茅。妈妈心里想的是大舅送这个书包，苦于他远在上海，毫无表示，若特地写信去也是尴尬，然后就被热情主动的二舅抢了先。

　　每次我考了"双百"，二舅就说是因为他买的书包。妈妈在旁边撇撇嘴，意思是二舅自个儿初中都没毕业。有段时间我妈身体不好，我爸要照顾她，就让我去二舅家待一阵。我睡觉时像是脚底心长了俩鼻孔，非得把脚露出来。但二舅担心我着凉，我露一次脚他盖一次，我终于被降服了。那时我突发奇想，我妈说她小时候二舅拿被子捂她不会也是这样吧？等到夏天的时候，二舅非让我学游泳，说这是生存技能，但他一点儿都不循序渐进，粗暴地把我扔进河，我沉下去呛了水，被捞上来歇会儿又被扔下去。等夏天结束，我随性游时突然想，我舅那会儿偷我妈脚盆用意何在呢？在二舅家吃饭，他经常夹我的筷子，这往往出现在我盯牢吃一个菜的时候，我就想我妈她不挑食的好习惯怎么就没遗传给我呀？

　　时光荏苒，舅舅们都老了，我已经若干年没见过大舅了，倒是经常见到二舅。每逢过年，大家提议去饭店吃年

夜饭时，二舅总是义正词严地拒绝，温柔地看着我说："外甥女喜欢吃我烧的鱼，我要烧给她吃。"我去二舅家时发现他把我发表的文章一篇篇地裱了起来，还对我说最喜欢哪篇，或者哪篇他看不懂。

酒足饭饱，从二舅家出来，我问今年大舅怎么又没回来，妈妈说谁知道呢。我话题一转："你再跟我说说二舅小时候的调皮事吧。"我妈失忆般回答："你这孩子，你二舅一个老实人能干出什么调皮事啊！"好吧，二舅是泥土，是小洼，是咫尺，是小妹妹的雨伞和手套。妈妈摆摆手打断我的思绪："话说最近你那个考试如何啊？"我大言不惭道："二舅给买的书包，这辈子我都会名列前茅。"

平民书法家陆向葵

陆向葵初来人世，就展现出非凡特质。吸母乳时食指在母亲的乳房上不停打转；伸手摸一把屁股，把大便涂得遍地开花；从开裆裤里撒出一泡龙飞凤舞的尿。

大家只晓得他喜欢作妖，可并没有人走进他的内心世界，直到他渐渐长大。

六岁，别的孩子满世界乱跑，他不，他趴在晒谷场上一整天，把所有人家的稻谷都画上一遍。八岁，三伏天，别的孩子都在大河里畅游，他不，他把自己关进毛坯房里闭门不出，挥毫泼墨。等父亲去给墙壁刷白水，生生被吓了一跳，两层楼房全部成了小黑屋。十岁，家里要从老宅搬个水缸，三个壮汉围作一团，愣是没抱动。众人往里一看，满满一缸都是洗毛笔沉淀下来的黑墨。十二岁，他妈给他做裤子，口袋要缝七层布，因为他手伸在口袋里用食指不停地写字，口袋不过几天就漏了。

一转眼到了向葵高中毕业这一年。偶然间，有位大师见了他的字，颇为喜欢，要收他做学生。可是上这书法专业得考过英语，向葵断然拒绝了其好意，进了某艺术院当合同工。终于，他大笔一挥，可以敞开写字了。

　　他二十五岁时，一位知名书法家路过他的办公室，拿起他晾的字一瞧，又掏出老花镜细细地琢磨。赶巧他回来了，一把抢了回来，怒气冲冲地质问："你干吗？"来人也不恼，笑盈盈地说："真没想到是个后生写的啊。"同行人欲跟他介绍来者是谁，他并不搭理。书法家便问："你的字不想卖吗？或许我可以帮你。"他抬起头来，正面注视着对方的眼睛："我的字无价，不卖。"书法家笑着出了门，临走时叫人转交一幅字给他，上面赫然写着"执一"二字。此事传开后，整个县城一片哗然，求字者络绎不绝，向葵受不住这烦就去山里躲了几日。

　　回来后，他又闭门过上了清静单一的日子。周围的人都说这是个呆子。到他二十八岁时，他妈开始着急了。眼看着同龄人都有了孩子，他身边连只盘旋的母蚊子都没有。这时，他妈妈的老姐妹的女儿要来学字。人家是个医生，想练练字把处方开得漂亮点。向葵自然是拒绝的，教人写字是浪费时光。他妈瞪了他一眼："这房子是你造的啊？我们造的，借你住罢了。那姑娘是我们的客人，爱来就来，我们欢迎。"

　　姑娘在他的身边学起了字，有时写个半天，他不理她，她也不恼。时间久了，也就没了抵触和尴尬。他觉得她像屋里的一件老摆设，是一贯在那儿的。有时，"摆设"生脚走了，他倒生出几分落寞来。

有一天，有人上门为他做媒，被他轰了出去。她悄悄地问："你想找个咋样的？""我对女人没兴趣。""你看我怎样？"他愣在那里。她清清嗓子，继续说："我喜欢你，喜欢你很久了。""你喜欢我什么？""喜欢你只喜欢写字不喜欢女人。"他第一次听人表白，吓得连滚带爬地逃走了。

她继续软磨硬泡。一日，他好奇她买了红纸在写什么。不看不知道，一看吓一跳，上面写满了"祝向葵和莺莺永结同心"，他要撕，她来抢，他夺走一把扔向窗外，他们的"喜讯"飘遍了整个村坊。她说"你要对我负责"，他只能从了。

多年后，向葵问他媳妇："你喜欢我什么呢？这么多年我都没想明白。"她昂起头回答："一生只做一件事，一生只爱一个人，多伟大多浪漫！我爱这样的你。"他把她搂进怀里，在她背上默默写了几个字，她笑了，那是"我也爱你"。他的字无价，不卖。

人 生 三 态

住院部的小窗

我活到今天，住过两次医院，第一次是生孩子，第二次还是生孩子。

住在不同的医院，却有着相同的感受，住院部病房的窗可真小啊，只能开个小角，大概是为防止病人往下跳吧。但一个小窗，又哪能挡得住生老病死呢！

孩子出生后，我日夜颠倒。晨曦微露时，他开始酣然入睡。这个时候，我才呼出一口长气，站到小窗前呼吸点新鲜空气。楼下早餐店开始营业了。这世上总是有些人吃着大部分人不想吃的苦，在人家睡觉的时间出来挣钱养家。

我透过窗户，仿佛闻到了早餐店的粥香，白粥、青菜粥、皮蛋瘦肉粥、小米粥，像各种口味的冰激凌般任君挑选。那质朴的笑容从服务员的眉角漫出，感染万物。晨间微光从窗户中倾倒而入，天亮透了。

医院忙碌的一天开始了。有多忙碌，看停车位就晓得了。楼下的停车位停得满满当当的。医院永远是个不缺"生意"的地方。左边通道的人捧着鲜花水果大步流星而入，右边通道的人扶着墙抹着泪跟跟跄跄而出。左边的瞧不见右边的，右边的更是没心情去瞧左边的，但指不定哪天却互换了角色，只有我静静地从这住院部的小窗望见了他们。

住院部晾晒衣服的区域很是狭窄，占不到好位置，我便晾到了小窗外。护士来管过几次，"哎哎哎，那个谁，你怎么又把衣服晾到窗外去了？这是不可以的。"我连忙摘下。等护士走远了，我又偷偷挂了块手巾在窗角上。

丈夫回来时，笑得很是神秘。问他今天发生了什么好事，他摆摆手说哪来什么好事，只是在楼下远远地望见了你的手巾，像一面小旗帜，心想我可爱的老婆就住在那个小窗里，上一天班的吃力就淡忘了，就连等电梯那会儿都嫌长，恨不能跑楼梯上来呢。"都两个孩子他妈了，还哪来的可爱呢？"我故作害羞地问。"还跟我初见你那会儿一样，喜欢在阳台上挂着一块粉红色的凯蒂猫手巾，就好像这十多年没有流转过一样。""那他们呢？"我指指睡熟的两个孩子。"他们就像是从云上飘落进我家的两块小手巾，来的时候是白色的，慢慢被画上彩色，当然有时候也有点黑色。"他指了指大宝玩脏的上衣。

我在他怀里，从小窗里望出去，一轮满月正圆。

单位的货梯

单位大楼有三个客梯，上下班高峰的时候多少个客梯都觉得拥挤，这时候就会去坐货梯。货梯一般是用来送水、搬东西和撤垃圾的。

但我们这幢是广电大楼，货梯里经常上来一些节目主持人、外景记者。与想象中的光鲜亮丽不同，他们大多时刻是灰头土脸的。我常常思索也许就跟女性一生的卵子数量有限一样，一个人光鲜亮丽的时刻也是有限的。主持人把那个时刻全部积蓄到了聚光灯下，所以平时比普通人还要糙。

我们这个市的综艺一哥经常把自己裹得严严实实，脖子里系着一条大丝巾，脚上却趿拉着一双人字拖。冬日里，他长期感冒着，手里攥着纸巾，往鼻子上一吸一抽毫不遮掩，搞得整个货梯里的人都屏住呼吸。台里退二线的老领导终于忍不住："小林啊，这是你这个冬天第三回感冒了吧？年轻人得注意身体啊。""回禀领导，我的感冒一直没好，所以应该还算是第一回感冒吧。"他就势吸了一下鼻涕，一阵风般下了货梯。领导叹口气，那口气是叹给现在的年轻人的。

一个小时后，我在广场上见到了小林，舞台正中央，镁光灯下，他神采奕奕、光芒万丈、谈笑风生、出口成章，连一点儿感冒的鼻音都没有，跟货梯里的那个他判若两人。

再见他时，他又恢复了糙样。货梯中，他在一堆臭垃圾里孑然而出，背影看起来普通却又特殊，那来自一个崇拜者的瞩目。

　　货梯里除了综艺一哥，新闻一哥也常出现。我是在电视上认识他的，当时我就想这人看上去可真是老实正统啊，清清白白，一副新闻男主播的派头。等我在货梯里邂逅他时，我完全没认出他来。他穿着白色印花 T 恤，大裤衩，这装扮让人错觉货梯门一开就应该跟某饮料广告般，从油腻肮脏跳进了夏威夷海浪中，冰爽透心凉才对。

　　他下了货梯后却是更多的油腻肮脏，身旁两人窃窃私语，在说他的情感八卦，什么为了上位"嫁入"豪门，现在又"被离婚"打回原形之类的。后来每天傍晚我都会遇见他，他一个人到食堂吃好饭，拿着一堆骨头去喂狗。那些平时近不了身的流浪狗看到他就跟了来，伏在脚畔，摇着尾巴。他在落日余晖中格外安静，老实正统，清清白白，却有一种说不清的落寞。

　　再见他时，是在医院，他扶着一位中年妇女，两人嘀咕着方言。不久后，我在货梯里又听到一个传闻，说他是因为要把久病不愈的亲姐姐带在身边才被离婚的，可是他当年读中学、读大学全靠他姐姐不结婚供养他，所以这因因果果也是难为他了。

　　这一日，我进货梯，只有他一人在，我伸手按楼层，却见他浅笑着已帮我按好。我疑惑着。再进来一个其他单位的，他又自然帮忙按了键，人家诧异地问："你怎么知道我几楼的？"他笑着回答："因为我的专业就是记东西啊，一个字都不能错的那种。"

　　一个字都不能错的人，却在阳光大道旁选了条小路走。

一个字都不能错的人，却避开客梯选择了货梯。我们唯一比那些货物强的地方，是我们有心。

凹陷的车门

不知从何时开始，婆婆的车门凹陷了一大块。我问了几次，她勉强吐露不久前出了个车祸。我说："出车祸这么大的事，您怎么不告诉我们啊？"我老公朝我使眼色，背过身去说："咱妈就不是一般女的。"

婆婆确实不是一般女的。人家忙着说长道短时，婆婆起早贪黑一心扑在工作上，所以当年毫无背景的她年纪尚轻就升做了副乡长。临近退休，烧到 38.6℃ 的她还在一线攻坚。就是这样烧得迷迷糊糊的婆婆下班路上出了车祸，自己全责，也没好意思告诉我们。一生节俭的她觉得修个车门要好几千，不值，还是将就着开开得了。

于是，婆婆这辆满大街最普通的大众凹陷着车门，穿梭在大街小巷。我读幼儿园的儿子跟老师同学说："快看，我奶奶开车来接我啦，那辆门凹进去的就是我奶奶的车。"儿子的同学撇撇嘴说："那不就是辆破车嘛！"儿子顿时就发火了，说："你懂啥？它是因公负伤的。"他奶奶听了倒是很羞愧，说那咱还是去修一下吧。儿子把头摇得像个拨浪鼓，说："我喜欢站在教室阳台上等放学，一看到凹陷的车门，我就知道是奶奶来接我了，好亲切啊。"

有一天下着倾盆大雨，我和儿子坐在后座上，偶尔有滴答声，一滴水滴下，我惊讶地转头去寻，原来水是从凹陷变形的车门缝里滴进来的。我喊："妈，这样不会积水吗？"婆婆回应："这个水滴的频率没事的。"儿子激动地说："妈妈，你有没有一种在水帘洞里的感觉？外面是哗哗的'瀑布'，偶尔有一两滴飘进我们的洞里，真刺激。"

如果撇开成年人的理智，此刻我们三个人真像坐在一艘破旧的小船里，经历着一场少年派的奇幻漂流，外面是满世界不见天日的雨水和潮水，等到开出这片乌云的领地，等到放晴的刹那，同舟共济过的我们感情好像更升华了一些。

明明只是一场雨，明明是一扇凹陷待修的车门，明明还是这三个人，却怀着别样的温暖心情往家的方向驶去。

养 青 蛙

不知从何时开始，周边人兴起了"养青蛙"游戏，但那并未引起我的注意。直到有一天老公乐呵呵地拍拍我，炫耀说："我儿子出去旅行了，还给我寄了明信片。"我看着端坐在爬行垫上专心搭积木的儿子，头上冒出三滴汗，怀疑老公是否得了妄想症。他顿时明白了我的心思，把手机推到我眼前："是他啦，我的蛙儿子——阿澡啦。"

我一看，是一只连眼白都没有的青蛙。"阿澡是他的名字？""对啊，是我最喜欢的游戏竞赛高手的名字。"老公耿直地回答。我想起当年儿子出生时，我们两个中文系毕业生为给儿子取名字争得头破血流，最终还是他妥协让步。这一次他遂了心意，是真呀么真高兴。

见我表情自然，他凑上来滔滔不绝地讲起了他的蛙儿子："你看，这是他出去旅行的照片，我儿子什么都好就是社交不行。"他指着最后一张说："这是他好不容易交到的蝴蝶朋友。""那不是很像你？大学毕业也交不到女朋友。"

我笑得幸灾乐祸，他觉得自己掉坑里去了。

又过了几天，他一脸愁云，跟我念叨蛙儿子出去旅行一去不返了。给他准备的帐篷他用上了，塞到他包里的小头巾他系上了，可寄回的照片怎么都是落寞背影呢？我第一次见他惦念"孩子"，安慰他说所谓父母子女一场，不过是今生今世不断目送他的背影渐行渐远。他挠挠头，问："这话怎么听着那么耳熟呢？""你还自称中文系才子呢，连龙应台的经典名句都不晓得。"我笑得含情脉脉，他竟无力反驳。

在他的怂恿引诱下，我也养起了青蛙。我们每天闲时的话题都是"你儿子""我儿子"。一日，我俩打情骂俏争论着谁儿子带回来的特产多谁儿子孝顺时，听了半句的我婆婆从外间径直走进来："你们两个在说什么鬼话？你儿子不就是他儿子吗？"我俩连连点头称是。婆婆走后，我们相视一笑，抱作一团，笑得前仰后合。

那一日夜里入睡前，老公把手伸过来，握了握我的手，黑夜中他的声音低沉而真挚——真好啊，你儿子就是我儿子。我的嘴角微微上扬，哽咽着回应——是啊，真好。闭上双眼，想着未来的日子我们努力收草（挣钱），为儿子收拾行囊，送上四叶草护身符，祝福他在长长的路上慢慢地走。在桌上放上他爱吃的饼，期盼他回家看看爹妈。握着的这只手是爹，而我正好是妈，真好。

第三部分

麦浪

小 圆 满

　　她是个北方女子，初来到这座南方的小城，不识一人。夜里寂寞想家，白天便央着单位阿姨给介绍对象，她想如果早日在这里有了自己的家，那也是种圆满。

　　亏得她早年医科大学毕业，也算人才引进，人也温婉贤淑，介绍对象的络绎不绝。其中大多是浮云，也有几人短暂相处过。短暂相处过的里面却有印象深刻的。她和一个年轻警察见过几面，每次见面他都紧张得满头大汗，整个头被茂密的湿头发盖住，像戴了个假头套，她就忍不住笑出声来了。一见她笑了，他也跟着笑，她想他是真的喜欢自己啊。

　　见了几次，她主动去他宿舍探访。见她来，他差点从铺上滚下来，赶忙把一堆臭袜子扔进床底。这时天色渐暗，他去开灯，开了的灯一闪一闪暗掉了，他搬了凳子伸手去拧，可怎么拧都不亮，她说我试试，一脚踏上一拧就亮了。跳下来时他去扶，她就入了他的怀，他的气息越来越近，他激动地说："芳芳，我这辈子要是有你就圆满了。"她问："这样就圆满了？"他结结巴巴地回答："能生个儿子就彻底圆满了。"这时啪的一声，灯彻底爆了，修不好了。

从他那儿出来时，月光洒了她一身，她想这辈子可能就这个人了，他虽然这不会那不会，但是贵在情深意切。

她怎么也没想到，那会是他们青春时代的最后一次见面。第二天，介绍人找到她，顾左右而言他半晌，最后说阿姨给你找个更好的哈。她就蒙了。介绍人的意思是对方母亲嫌弃她是个外地人，没有背景，对她儿子的事业没有帮助。从气愤到失落接着从气愤到伤心，她想：你一个成年男子都做不了自己的主吗？连当面说清的勇气都没有吗？罢了罢了，再不要见这个人。她有时候想起他来，明白了一件事，原来的偶遇或许都是他的刻意守候，当不再需要"偶遇"的时候，再小的一座城两个人都不会相遇。

后来，她情路坎坷，兜兜转转，三十有余才嫁人，三年生了两个儿子，每天家里像捅了马蜂窝般闹腾。

这一季，轮到她去上级医院进修。美其名曰进修，其实就是去给人家当苦力。每天上午巡房收病人，下午录病情约谈病人家属，忙碌也充实。这一日，约谈结束，她整理病历。一眼扫去，怎么会是他！仔细回想，下午约谈了五个男的，没一个像他，难道只是同名同姓？一看工作，是公安局副局长。第二日再去巡房，她认真辨认了一下，果真是他，只是完全秃了，那时茂密的头发今日居然秃得不成样子了。他也没认出她来，也许是因为她一直戴着口罩，也许他根本没想到她在这个医院，更多的也许是在他心里她早已是过眼云烟。

她还是把他当成一个普通的病人家属好了，可是不经意间却总是听到他的消息。八卦的小护士们一刻也不得闲，一个说这男的才三十多就秃成这样，这秃头遗传的，以后他两个女儿可怎么办才好啊；另一个说他女儿生病，奶奶一次也没来，听女方妈说亲家母重男轻女得厉害，两个孙女都没人管；后头冒出一个说他老婆家不是很有权势嘛，这男的升上去全靠老丈人。护士长拍拍台板呵斥说："你们知道啥？他当年在追捕连环杀人犯时被捅了一刀还抱住人家腿，立了大功才升上去的，这样的人是你我该议论的吗？去去去，都干活去。"

踏
TA
浪
LANG

她杵在旁边愣愣地听，话题中的人像认识却又不认识。那天回去的路上，月光洒了她一身，耳畔突然响起来"芳芳，我这辈子要是有你就圆满了""能生个儿子就彻底圆满了"。她苦笑笑，人生大多不圆满，早点回家吧，还有两个臭小子等着她收拾。

爱的初体验

十几年前，某中学有个女孩当了六年校花，传说美得不可方物。年轻男老师走到教室门口都要深呼吸三下才有勇气进去。点校花的名心虚，不点她的名更心虚。炎炎夏日午后，大家昏昏欲睡时，点下她的名，男生们一下子睡意全无，效果好得不行。

那时，校花家里开饭店，有一个大厨父亲和一个侍应母亲。店里忙到不行，请了个小工，唤作阿奴，平时跑腿的活都是这小子在做。校花成绩一般，父母没空管她，便想着让她去学门技艺。长得美便去学跳舞吧。下雪那晚，她冻得瑟瑟发抖，一下课便见阿奴抱着羽绒服守在门口。"你可真是雪中送炭啊。"他"哎呀"一声拍下大腿说："忘记给你带手套了。"

"我还以为出了什么大事呢。"她笑着从他手上扯下一只手套，"一人一只，单手骑车，还有一只伸口袋里，大家都暖。"她边戴边说："你的手可真暖啊。"他脸红得像个小苹果。

回到车库前，她刚去摸钥匙，后面就打来一束光，照着锁孔，她鼻头一酸，门锁"嘎啦啦"转动的那刻，她的心也悸动了。那一晚，后来说是史上最大的一场雪，她回想起来，只记得很暖很暖。

到夏天时，打烊的下午，她爱在大堂里做作业。电风扇在头顶上呼啦啦地转，她踩着一个大西瓜在脚掌间把玩。阿奴在一旁择菜，择完青菜择芹菜……岁月静好，不一会儿，她就沉沉睡去。再醒来时，风扇慢了，身上盖着衣服，而他已去后厨忙活。那一年，后来说是史上最热的一年，她回想起来，只记得舒舒爽爽。

有一天，校花捡了条小狗来养。母亲责怪说人都养不好还想养狗，她却很是坚持。她总带着它，但真到吃喝拉撒需要伺候时，都是阿奴在做。他像对待孩子般对待狗。给狗洗澡，它甩了两人一身水。阳光下，她的脸庞晶莹剔透，毛孔微张，他深深地被震撼了。她注视着他，又看了一眼狗，说："你会一直陪着我吗？"

"会的，一定会的。"

那一天，是平淡岁月里不值一提的一天，却成为她一生中最刻骨铭心的一天。

校花的期中考试考砸了，老师怀疑她早恋。她妈把她的电话抢过去一听都是女生。这一日，又是如此，她干脆摔了电话。火星撞地球，母亲发狠说："追你的那些男的我都研究过了，没一个配得上你的，你至少得找个百万富翁才对得起你这张脸。"

那天下午，阿奴破天荒地请求校花为他唱首歌。她在卡拉OK里点了首《爱的初体验》："如果说你要离开我，请诚实点来告诉我，不要偷偷摸摸地走，像上次一样等半年……"唱着唱着她竟哭了，他笑着为她擦干眼泪说："这样就不美了。"

　　她哭得更凶了："我不要美。"

　　那一天，回忆起来，是她人生中第一次，也是最后一次说"我不要美"。

　　第二天，阿奴辞工了。十年后，狗死了。那些说好会陪伴她的都离去了，那些在路口跟踪她的少年都长成了翩翩青年。

　　在相了一百次亲后，她结婚了，因为那个富二代同意了她不生孩子的条件。他说："我晓得的，生孩子会破坏你的身材你的美。"她微微摇摇头说："因为我没有信心谁会一直陪着谁。"

隔壁那个女人

我结婚的第一年，夜夜在打骂声中度过。当然不是我家，而是隔音效果很差的邻居家。

从一开始的八卦好奇到之后的苦不堪言，老公说他听了三四年，早充耳不闻了，叫我也不用上心。

可是它那么刺耳，尖锐时仿佛打在我身骂在我心，使我常常一夜梦醒衣衫尽湿。

久了，打骂的内容也清晰了，不外乎本地漂亮女邻居嫁给猥琐外地男邻居，双方心理都失衡；女邻居乖张的母亲对女婿轻视又刻薄；女邻居对幼儿的早教无比重视，手指还未长开的幼儿被押在钢琴上，常常是呜咽声夹杂着断断续续的破落钢琴声。

与这样一家四口在楼梯上相遇时却又画风迥异，他们整家其乐融融，有时瘦弱的丈夫勉强搂着丰腴太太的腰，有时太太抚摸着眼角还挂着泪痕的儿子的头发，有时丈母娘询问女婿晚上的鱼是红烧还是清蒸。

我甚至怀疑我是幻视还是幻听，总有一样吧。但从我婆婆对这家人的冷漠态度可见，一切都是真的。

一天清早出门，对面全家从锁孔里呼救，锁坏了门打不开了，让我们帮忙打个电话找个开锁师傅。婆婆拽着我往前走，示意我莫管闲事，但我还是帮忙打了电话。

傍晚我回家时，他们开着门等我，连连道谢，诚心诚意。

自那日后，我再听见隔壁的打骂声，渐渐没那么烧心了，有时觉得跟电视里热播的家庭剧并无两样。女邻居慢慢老去没那么美艳了，男邻居发福后也不再尖嘴猴腮了，丈母娘一场病后走楼梯都要歇上两歇了。孩子长大了，琴声里有了美感。

那内向忧郁的孩子遇见我常常害羞地笑笑，我也会随性地跟他聊上几句。"上那么多补习班苦吗？""不苦。""除了钢琴还学什么啊？""画画、英语和跆拳道。"我想着文体艺结合得还真是好啊。

婆婆对我的社交能力也刮目相看，在她心里"百搭"的我随便就掌握了她多年都不知晓的邻居家的情报。但那时，我掌握的只是人家想透露给我的。

某一工作日的午后，我偶然在家，听见隔壁传来钢琴声。一开始断断续续地，几遍之后就很流畅了，那琴声欢快轻盈，似是一位少女对爱情充满了憧憬和遐想，洋溢着对青春和爱情的美好愿望。不懂音乐的我竟听得如此着迷。一曲弹毕，突然传来抑制不住的啜泣声，让人心生悲凉。

傍晚，遇见那家的小子，跟他说起下午的琴声。他顿了顿，说："是我妈吧，听说她以前钢琴十级哦，可是我从来没见她弹过。"

再见那女人时，我细细看向她的手，手形修长，指骨突出，是双弹琴的手，但也皱纹横生，布满老茧，成了双生活的好手。

我嫁过去的第五年，隔壁已不再有打骂声，他们家最"艰难"的时期过去了。再见隔壁那女人，她身上似有光环，但那光环早已不是年轻时候的那个光环了。

第三种爱情

芳芳第一次遇见丁子俊就被他迷住了，之后发现整个医院甚至整个系统有不少女同胞倾心于他。

他长得也就儒雅，并不英俊；身材也就标准，并不高大。可被他看上一眼，心里就麻酥酥的。芳芳想：他应该做麻醉科医生而不是眼科医生才对。

慢慢地，才领略到他医术、人品都很出众。他做起手术来行云流水，毫不含糊，年纪轻轻就当上了学科带头人；对病人和蔼可亲，年年荣获"最受欢迎医生"称号。

芳芳作为实习医生，跟着大医生做手术，紧张之情溢于言表。丁子俊从她身边走过又折回来，从口袋里掏出个工作证给她看："这是我参加工作那年的，那时的我一进手术室就忍不住打嗝，你比我那时强多了。"

1992 年，他也有这么青涩的时候，那一年她刚念小学。小学生芳芳与实习医生丁子俊就这样穿越时光不期而遇了，她的实习也顺利结束了。

芳芳的本科学历在大医院是留不住的，她去了镇卫生院工作。每年两次的市级培训是她最盼望的，因为丁子俊是主讲。偶尔一次的省级培训，她也是欣喜若狂，她自信有一眼把他从人群中找到的本领，因为他是亮的，别人都是暗的。

镇卫生院的眼科是没有大手术的，到芳芳手里的很多是后期复查。拿到实习过的那个医院回来的病历本，芳芳总会一阵激动，翻开来是丁子俊的医嘱，她会格外用心地看看病患的眼睛，那是丁医生认真看过的眼睛啊，这双眼睛不久前见到的丁医生又是怎样的呢？芳芳怀着这种心情，小心地给病人消了毒，又再三叮嘱注意事项。病人感动不已，连声说："最近遇上的都是好医生啊！"和丁子俊放在一起被称作好医生，芳芳心花怒放。

一次，一个小孩来拆线，芳芳问："这是丁医生缝的？""不知道医生姓什么。""那是不是四十岁出头……"芳芳不知不觉间站起来比画起身高脸型。"你都没看病历本，就知道是谁缝的？"芳芳解释说："你看结是往这方向打的，只有左撇子的丁医生才是这种手法。"年轻妈妈脱口而出："你是不是暗恋那位医生呀？"芳芳杵在那儿，像根燃烧的火柴棍满脸通红。

不久后的一天，芳芳接到同期闺密的电话，她说："你先深呼吸，有个好消息和坏消息，好消息是你的丁医生离婚了，坏消息是他要跟个小护士再婚了。"

芳芳到天台上站了会儿，天上的云千变万化，地上的人也瞬息万变。那个小护士或许只是千千万万人中最大胆的一个"芳芳"。

嫁 给 秃 头

我嫁到夫家的那一年，夫家楼下的小南也出嫁了。因为嫁的是外地人，所以仍住在娘家。

有天回家，老公快快不乐，碎碎念小南姐怎么嫁了这样一个男人。在他的少年时代，她可是女神一般的存在。"到底是怎样的男人呢？"我不禁问。"见了你就晓得了。"他说。

不假时日，果真见着了。他远远地走来，我三百度近视，望见一个秃头，以为是位叔叔，一看脸却是年轻的。小南扶腰而立，四个月孕肚凸显，胳膊腿仍是细的，素颜的脸清纯恬静，美得安宁。走过的人纷纷向这对"秃头与美女"组合行注目礼。

再后来，她生了孩子。等她出了月子我再见小南姐时，差点把舌头吞进肚子里。肥大的身躯，浮肿的脸颊，满脸的雀斑，疲惫的眼神，这还是我老公心中的女神吗？

她改变的不仅有外貌，还有性格：乖张的性情，执拗的想法，犀利的眼神，嘲讽的语气。就是这样的小南姐，他的秃头老公默默忍受着。

109

这一日，楼下乒乒乓乓扔起了瓢盆，我探出半个脑袋张望。只见她冲着老公嘶吼："又是这个女人！她为啥老是晚上找你？"她老公辩驳："我是班主任，她是副班主任，商量点事不正常吗？""跟你搭班的怎么总是年轻女老师？""这老师不是男的就是女的，你还讲不讲理啊？你好好看看自己，生完孩子也不收拾自己了，每天疑神疑鬼，根本不是我嫌弃你，是你自己在嫌弃自己啊。"他夺门而去，她嘤嘤地哭。

几日后，楼道口有个老男人张望，跟做贼似的。我质问他："你找谁？"他立马转身走了。我看着他那光亮的秃头，心想这年头还真是十个男人九个秃，还有一个正要秃。

又过几日，听见小南姐在楼下吼："你别再来，这个家不欢迎你！当年你走了就别想着有一天我还会认你。"她妈忍不住出来说："你就算不原谅他，也应该放过自己吧。不是世上所有的男人都会抛妻弃子，但你这样下去哪个男人受得了你？"

秃头老公把秃头岳父往外送，不时窃窃私语，那意思是一步步慢慢来吧。看着两个秃头交相辉映，我似乎明白她为何嫁给秃头了。

后来，常常见小南姐晨跑。瘦下去也精神了的她又有了美貌和笑脸。再后来，常常见她的秃头爸爸抱着小外孙去公园里玩，弥补当年没有抱女儿的缺失。小南姐的儿子三岁了还是没有几根头发，她跟别人自嘲说基因太强大，接着又说秃头不可怕，只要是好男人照样能娶上漂亮媳妇，说着回过头朝她老公抛了个媚眼。他摸摸滑塌精光的脑门，害羞地笑了。

恋上女协警

第一次瞧见她，以为是个志愿者。再一细瞧，是个女协警。等红灯的空当，望着她一丝不苟指挥交通，他想，这么柔弱的姑娘，连个防护装置也没有，很容易受伤啊。

第二天，还未到那个路口，他就看见一蓝一红两个小灯闪烁在她肩头。他有些惊奇，仿佛她听见他的心声了，两人这般有默契。

再后来，他干脆开起了"小电驴"，停在她身边，偷偷端详她。她的刘海粘在前额上，他真想帮她捋开；她的几颗小雀斑随着表情的变换而跳跃；她的指挥棒指向哪儿他的心就往哪儿抖一抖。

她终于和他说上话了。她质问他为什么不戴头盔。他脸红到了脖子根，整整一天被她的声音缠绕，温柔却有威慑力。他郁闷自己给她留下个没素质的第一印象。下班时，他急匆匆去买了个头盔。再去时，她却不在。

那晚，她出现在他的梦里。时而她向他笑，时而她却

111

背过身去，摘下帽子，一头长发在阳光下发光，闪得他恍恍惚惚，心旌荡漾。闹钟响到第三次，他才彻底惊醒，胡乱洗漱一通，出了门。一到路口，被她拦了个正着。她撇撇嘴："怎么又是你？"他一拍脑门，头盔忘戴了。"我昨天买了的。"他有些结巴。"事不过三，明天要是还让我逮住你，我就扣车了。"那一整天，他都很低落。也许在她心里，他都是狡辩，在她那里又多给他扣了顶不诚实的帽子。

第三天，他戴上头盔，故意开到她面前，绿灯没过去，又等起了红灯。她瞧着他笑了，他也笑了。她走过来，手伸向他的脸，他的呼吸急促起来，他的心狂跳不已。她说："你这个人啊，怎么连个头盔都戴不好？这扣子没扣牢。安全帽是为了你自个儿的安全，又不是戴给我看的。"听到最后一句时，他的脸跟锅炉的水一般沸了。"戴给我看的"，她竟一语中的。她像对待孩子般给他系好，他又上了路。他觉得吹来的冷风里夹杂了热风，眼看春天就要来了。

每天，他都想着怎样表白。她会不会觉得他轻浮？她的名字呢？他竟连她的名字都不晓得。年龄呢？看上去应该比他小。爱好呢？她脱下制服后的时间是怎样度过的？就这样来到了情人节。他买了巧克力，却没有看到她，便错过了情人节。他心神不宁地等了一个月，她终于出现了。他正要打招呼，却看到她扶着电线杆吐了，他欲停车上前，她的同事却快他一步，递上了纸巾。他默默离开了。她最近是一直在生病吗？他竟全然不知，也配说喜欢她！

她又消失了几日。再见她时，她的肚子大了起来。他愣愣地看着她，恍如隔世。对面那个男协警走过来，拍拍她的背，他认出就是上次那个友好的同事，他们竟是一对。
阳光洒在她的脸上，他恍恍惚惚，这是她笑得最美的一次。
她走过来提醒他："你的车没有防盗登记牌，月底前去社区
备案哦，不然下个月就上不了路了。"

那天他的车胎戳了个钉子，气一下子泄没了。他推着
车，苦笑不已，泄没了的还有他的心，真是一泄百泄难兄
难弟。他重新开回了汽车。每次路过那个路口都是绿灯，
一路畅通。

单位同事笑他，一整个冬天吹冷风，现在春暖花开却
又开起了汽车。无人知晓他人生中曾遇到过一个红灯，一
个他以为能让他停留一生的红灯。

两 只 蝴 蝶

阿德想过他初恋开始的一百种方式，但肯定没想过会如何结束。那是要念一辈子的初恋啊。

他毕业后到表哥店里帮忙，后来来了一个姑娘，齐眉刘海，扎着马尾，瘦瘦小小的。老板问："你也是大学生？"她点点头。"学的什么？""烹饪。""那是个技校吧？"她的脸红了，老板就笑了。阿德的心动了一下，他好久没见过会脸红的姑娘了。

阿德在后厨游刃有余，姑娘被分配去送外卖，两人搭配得天衣无缝。一天，姑娘回来，梨花带雨。阿德咬牙切齿，举起菜刀："哪个王八蛋，我去找他算账。"她说："到底也没事，算了吧。"阿德把案板上那块肉剁了个稀巴烂。

之后，两人就熟了。没人时，阿德趴着睡觉，姑娘从他身边路过，他冷不防伸出条腿，她一个踉跄，他赶紧用手勾住她，她倒入他怀中，脸秒红了。阿德顺势亲了上去。平静下来，姑娘说："你肯定是个老手。"他回答："我这是初恋啊。""你就骗人吧你！"他没再解释，这年头一把年纪没恋过真不是什么光荣的事。

热恋总是甜蜜又温馨的。夜里，阿德轻轻抚过姑娘的背，那里有块伤疤刚落痂，他想，到底是怎么受的伤呢？几天后，她提出去文身，文的正是那块疤。师傅问："文什么图案？"她看了看窗外说："蝴蝶吧，能飞到很远很远地方去的蝴蝶。"

阿德说："那我也文个蝴蝶吧，和你缠缠绵绵翩翩飞。"说得师傅都笑了。姑娘却冷冷回应："好好的皮肤文什么？两只蝴蝶寓意不好。再说真正的爱是刻在心里的，只有没爱到心里才需要刻在皮肤上向别人证明。"

有蝴蝶的姑娘和没蝴蝶的阿德缠缠绵绵翩翩飞了没多久，有个男的找上门，说是姑娘的前夫。他说："她哪还是个姑娘啊！她孩子都三岁大了。"阿德当时就蒙了。

姑娘回来，阿德拽住她："我只问一句，是真是假？"一个无言以对，一个拂袖而去。他的内心波涛汹涌，一个人翻来覆去转换着角色——阿德："你怎么可以欺骗我？"姑娘："我有苦衷。"旁人："那个叫阿德的男人真是傻。"……随即，他听说她是因为家暴离的婚，他脑海中浮现出那块伤疤，那盆热水仿佛是浇在他的心上，吱吱作响。

三天后，一个孩子出现在店里。他抱着姑娘的大腿哭喊着"妈妈"……没打烊姑娘就辞工了。阿德赶回出租房，她正在收拾衣服。他拽住她的胳膊说："不要走，我们换个地方重新开始。"她愣在那里，没有抬头："这辈子我可以不是他的妻子，但我不可能不做我孩子的母亲。你，有勇气带着别人的孩子生活吗?"等她走远了，阿德才发现天已经黑透了。

他换了份工作，日子不咸不淡地过着。工友们聊起女人，他总能贡献几个段子。大家说："阿德你小子肯定万花丛中飞过啊。"他笑笑没有否认。

有一天，他窝在床上看电视。有个叫《梁祝》的唱段，最后男女主人公化成彩蝶翩翩飞舞，融入多彩自由的天空，所经之处，花儿漫天开放。旁白说道："两只蝴蝶，这是多么凄美的爱情啊。"阿德的鼻子酸酸的，眼眶就湿了。

那天夜里，他做了个梦，梦里两只蝴蝶缠缠绵绵翩翩飞，一直飞一直飞，飞到了太阳初升的海那边。

踏
TA
LANG
浪

他出轨了吗

他出轨了吗？这问题最近一直困扰着她。

想当年，两人相亲认识，他理性又睿智。见过三面，他就跟她分析：一、他全日班不加班，她有夜班，他可以弥补她；二、他高她矮，他白她黑，可以帮她改良基因；三、他俩同是三十岁，但女人的三十岁到底局限，谈个一年结婚，结完婚立马生孩子，她也就三十二岁了，离高龄产妇不远了。这一笔笔现实账摊开在她面前，她厌了，从了。

婚后三年，相敬如宾。闺密们聊起出轨话题，她从不参与。"你对他就那么有信心？""倒不是有信心，他那个人啥事都想得明白，他一定觉得出轨成本太高，所以不会出轨。""你可不要那么笃定哦。"

没想到闺密话音未落，就一语成谶。这一日，她夜班下班，突然想吃大学城的煎饼。驱车前往，偶遇了他，他并未瞧见她。她赶紧打他电话，只见他悠悠地掏出手机，

117

看了一眼却未接，放进口袋继续前行。她顿时有点蒙，嘴里的煎饼味同嚼蜡。

那晚他破天荒地晚归了。带着酒意回来，他说晚上有个欢送会，他的属下去别的部门当副手了。她忍不住问男的女的。他第一次眯起眼细细瞧她，淡淡抛出一句："我是客服部的，底下十个女的，一个男的，你说这次升的是个女的还是男的？"她被盯得脸红，好像喝酒的是她。她自卫式反驳："刚才我看见你了，打你电话你没接。"这回他的酒是彻底醒了："今天我们单位在大学城有个招新，我去转转。电话我还真没接到。"说着掏出手机："喏，你看，没记录吧。"

踏
TA
LANG
浪

说完他就去睡了，她背对着他，盯着自己手机的拨号记录，久久难以入眠。

云淡风轻地过了三个月。进入盛夏后，天出奇地热。她夜班回家一身汗，想冲个凉。一看毛巾架上，他的毛巾跟块咸鱼干似的。她手伸过去摸了摸，又捏了捏，再闻了闻，一瞬间头嗡嗡作响，气得要死。

等他回家，她就发飙了："你昨晚根本没回家，你说你去哪了？"他一脸茫然："我怎么没回家了？""你看，你的毛巾干成什么样子了！你一个每次洗脸都要把毛巾彻底打湿了洗的人，这天气就算再热也不至于干成这样啊！""那它就是干成这样了我有什么办法？""我接下来每天试，看它会干成啥样？"他一言不发地甩门出去了。半小时后，他拿着拷回的视频给她："我几点回的，几点去上班的你自己瞧吧。"原来是小区门口的监控，她一下子就软了，满是愧疚地问："你去拷视频人家没说啥？""人家意味深长地看了我两眼，说'小伙子，成户人家也不容易哦'。"

这件事两人从此闭口不提。一日，他说要晚归。十点，她忍不住打他电话，铃声却在门外响起。她循声而去，发现他倚在楼梯上吐。她给他拍背，他说："我对不起你，我骗了你，那天晚上我真没回家。我们部门出了点事，领导拉我去应酬，那天我喝醉了在楼梯上坐了一晚，第二天脸没洗就去上班了。我真不想骗你，可是跟你说也解决不了问题，还多个人瞎操心。"她的眼眶红了，哽咽着问："你哪有对不起我啊！""我认识你时说好的我顾家，我食言了。"

那一晚，她睡在床上，想着这几年他和她的点点滴滴。"他这辈子都不会出轨"这样的话她还真不敢说，但是这一刻，两个人心是齐的，都是为了这个家。她把脚架到他的脚上，像左脚挂在右脚上那般娴熟。

那 个 男 人

那个男人每天开着一辆滴滴顺风车，行走江湖，养家糊口。

他一头天然卷，少年时曾被教导处主任判定为烫发，他也不辩解，立墙角的害羞样让我印象深刻。

若干年前，我在站台等公交，一辆大客车驶过又倒回来，招呼我："老同学，是我呀，上车。"一路瞎侃，聊到兴头处他开玩笑说："当年你们这些成绩好的女同学懒得看我们成绩差的男生一眼，谁想有今天，我早早娶了个漂亮老婆，都生两个孩子了。"说着掏出手机给我看，屏保上他的妻确实美艳，他笑得毫无保留，一脸春风荡漾。

又过几年，听说他被老婆弃在半路，一左一右只剩两个小孩当作行李。一次偶然，我加了他微信好友。他常在朋友圈发一些小视频，他教孩子算术，加错了，孩子戗他。他让大毛教二毛加减，加错了，二毛戗大毛。他傻呵呵地在一旁笑，坦言说大毛像他所以笨，二毛像他妈聪明，聪明就是好啊。

一日，他接了个去宁波的大单子，很是高兴。发了几张跨海大桥的照片，说十年前大桥通车时带老婆来凑过热闹。留言里有几个仗义的男同学爆发了——还老婆呢，那是前妻；她抛夫弃子跟人跑了，去给有钱人的孩子当后妈了，你不恨她还惦念她；世上难道就她一个女人了，你做男人的骨气呢？一堆轰炸后，他久久无言。很久后，他这样回复：她把最美好的十年青春给了我，还给我生了两个可爱的孩子，当然是其他的女人没法比的。人都想过好日子，尤其是对跟着我过了多年苦日子的女人来说，更想过好日子，我能理解她。我现在就想努力挣钱，让孩子们过得不比别人差，就满足了。看完这段留言，夜已深，为人父母的我们再无人说话。

又一日，我在路上等车，一辆轿车驶过又倒回来，招呼我："老同学，是我呀，上车。"我不好意思地上了车，到目的地我要付钱，他挡住我。我说："情义是情义，生意归生意。"他回我："千金难买情义。"见我还在为难，他直言，"最近出了空姐坐滴滴车那事，全国整改呢，我谁的生意都不做。不过话说回来，你们女的晚上回家是得小心，最好有人陪着。"

下车后，我忽然想起多年前他刚从农村转进我们学校，邻居大婶请求他晚自习后护送自己女儿回家，他答应了。同学们起哄说他喜欢那女孩，他结巴着否认，到最后撂下一句："如果喜欢才能送她回家，那我就喜欢她！"

那时，每天下晚自习的铃一响，他就飞奔出门，跟在一个女孩后面，保持三米距离，护送她回家。那个女孩就是他手机屏保里的那个女人，而他还是那个男人，行走江湖，养家糊口，对天对地对人对事一笑而过，比谁都男人的男人。

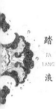
踏
TA
LANG
浪

镯　　子

办公室新来了个实习生小姑娘，手上戴了个明晃晃的镯子。镯子虽是银的，但做工精致，关键是够分量，把纤纤手腕套了个严严实实。

问她："人家送的？"她点点头。再问："男的？"她含羞而笑。懂了，小女孩情怀，都是那般大过来的，点到为止，何必问得人脸红呢？

又过几日，也混熟了。又见她在细细抚弄镯子，便顺水推舟问问："男朋友是哪里人啊？"她用小手捂住小嘴，把小眼睛鼓得圆圆的，瞪着我："谁说我有男朋友的？"我吃了个闭门羹，生生被噎了回去。退三步后，我不甘心再发问，指着她手上无法隐身的镯子说："这不是他送的吗？"她撇撇嘴："只是个朋友罢了。"

"朋友"，我细细琢磨这个旧词。在 20 世纪 80 年代，"谈朋友"那就是恋人关系了，但现在这个国民老公一大串的时代和这个时代里的青年们，是无法理解"朋友"这个词的珍贵含义的。

雷锋去世后大家一直讨论他是否有女友的事儿，最终判定"有"的定情信物不过是笔记本、日记本和一张合影。而今日，一个沉甸甸的银手镯却是普通朋友送的。

我正这般考量着，姑娘突然抬起一双懵懂的眼睛，问我："姐姐，他虽送了镯子，但并未开口说要和我在一起。我虽收了戴了，但也不代表我答应了什么呀！"我答："现代人谈恋爱，非得男的问'我们在一起好吗'，女的回答'好的'，他们才算正式交往了？当然是彼此意思到了就行啦。"

"那你从小到大就没收过不是男友的男性朋友的礼物？""倒也不是没有，但是镯子、项链、戒指这类的还真没有。这种贵金属材质的圈圈在我看来都具有'套牢'的意思。戴上了，男的便可说'大家看看，她打上了我的标签，她是我的人'。"姑娘说："就没有可能他对我真的只是纯友谊？""他知道你还不肯接受他，但他也不肯放弃，那就打着友谊的名头慢慢磨呗，在普通朋友往男朋友的路上努力奋进着。"姑娘若有所思地低头看着那镯子。

旁边的同事走过来拍了拍我的肩膀："就别说教啦，差着一个年轮呢，不是一代人不是同一个脑子。说不定人家还真是纯友谊呢。"我笑笑散去。

第二天，后来的每一天，姑娘再没戴过那个镯子。我们也没再多问什么。也许在一个遥远的地方，有个男生正咬牙切齿地恨着我。

捧 花 新 娘

　　那束捧花向素素飞来时，她正静静地站在角落里，举起新买的单反，透过镜头捕捉华丽丽的影像。那里像是另外一个世界，一个离她很遥远的世界——一群女人推搡着，在"三、二、一"的倒数声中，新娘向后扔出象征"下一个结婚"的花束。花束在素素的镜头里朝她飞来，砰的一声打中了她。新娘穿过人群，捡起花束，双手交给素素，像是传递幸福般说："恭喜你。"

　　下一个结婚，素素看着手中的花束，要怎么结婚，她才失恋。其实都算不上失恋，是她单恋五年的男人结了婚。他们是朋友以上，恋人未满。素素一直以为她像她为他买的早点、剥好的水果、运动后及时递上的冰水那样，他来吃她只是早晚的事。可是，突然就收到他的请柬。对方是个大学老师，家里开着规模以上企业，还是独生女。而她，一个寒夜里爬起来上班的小护士，家里有爿只卖二十块以下香烟的杂货铺，还有个上初中的弟弟。她想他还是爱她

125

的吧，只是选择了现实。"爱？算了吧，你就是个备胎。"小姐妹一语中的。恰逢国庆，她在遍体鳞伤的疼痛感中参加着别人的婚礼，而且是一场又一场。

又到送花环节，新人别出心裁，邀请在场未婚女青年抽丝带，十根中只有一根系着花束。九个女孩上台，素素起身去卫生间，却被司仪截上了台。一个又一个，都不是，当素素牵住花束时，全场响起了结婚进行曲，那一刻她有种错觉，她才是新娘，只是新郎去哪儿了？

国庆后，麻醉科新来了一个医生，与素素同年，未婚。手术中，素素几次眼神与他相遇，他都直直地看着她。下班时，他追上前来，说："你有一双美丽的眼睛。"还真是老套，坐在公交车上的素素一边想着一边拿出一面小镜子照照。她的眼睛确实在五官中最为突出，而一双美丽的眼睛对于一个整天戴口罩工作的人来说尤为重要。他没有骗人，想到这里她就笑了，镜子中笑着的素素更美了。

元旦时，他们已是形影不离的一对，但男方几次提出见父母她都没有接话。素素最要好的小姐妹要结婚了，让她携男友，她却回答一人来。最终拗不过热情，还是二人同行。又到送捧花环节，素素想这次怎么也轮不到她了吧。这时，小姐妹径直走向她，环抱住她，在她耳边轻语："去爱吧，就像没有受过伤害那样。"素素接过花束，眼泛泪光，身边人将她紧紧搂进怀中，聚光灯打在两人身上，素素有一种重生的感觉。

五一时，素素结婚了。轮到新郎讲话，他看着她说："美丽的大眼姑娘，你知道我是何时何地第一次遇见你吗？

去年国庆参加婚礼，新娘的捧花飞向了你，你沉静的模样着实吸引了我；两天后，参加另一场婚礼，新娘的捧花又一次被你抽中，你错愕的眼神深深打动了我。我决定，第三次遇到你，我一定要追你。那时，我在三家医院中犹豫不决，却在其中一家遇见了你，这是命中注定的缘分，我只求马上上班陪伴你左右。"

泪如雨下的素素在自己的婚礼中没有将捧花送出去。几年过去，那束花在她家的书柜里枯成了干花，她和他的爱情却一直没有枯萎。

夕阳红不红

炳坤五十五岁前从没想过"白头偕老"这事儿，这不跟日出日落一样是再自然不过的事情嘛！但刚结婚一年的儿子突然把婚给离了，原来好得跟一人似的两人说不爱就不爱了。儿子回应说："在一起不开心，难道还硬绑在一起，跟你和我妈那样？"

那样是怎样？炳坤十八岁时，父母算八字给找了个姑娘。高中毕业的炳坤和小学没毕业的姑娘结婚后，除了关灯后的那点事儿外几乎零交流。但这样的日子也很宁静，因为炳坤的父母、炳坤父母的父母好像都是这么过来的。

五十岁时妻子开始更年期，身体、精神每况愈下。那几年炳坤把医院当家，整幢住院楼有二百四十个台阶，一层走廊有二十六块地砖，哪个墙角里藏着一个大蚁穴，他是一清二楚。妻子最终还是走了，炳坤松了一口气，然后就老了。他就这样踏着月光的行板，一个人默默走过十年，直到遇到了钱阿姨。

炳坤去买菜会路过一个公园，每天早上，那儿都有一

踏
TA
LANG
浪

群热乎乎的老头老太跳着排舞。一天，炳坤坐下来歇个脚，钱阿姨一曲舞毕坐在他旁边。炳坤说："你跳得真好。"钱阿姨说："你也可以的。""我老了学不会了。""你哪里老了？我看着还是个年轻小伙子呢。"炳坤被钱阿姨逗乐了，他很久没这么开怀大笑过了。这两人随便一聊，一拍即合。炳坤以为自己已经是个锈掉的水龙头，没想到妙语连珠，竟然还能放出汩汩清流来。

六十五岁的炳坤第一次动了心，两个月后跟同样是丧偶的钱阿姨聊起了再婚的事。

炳坤久未露面的儿子突然来找他。儿子说明来意，炳坤像早恋的孩子被家长撞见了似的，从脸颊红到了后脑勺。儿子透露对方儿子儿媳找过他，明确表示反对，希望能达成统一战线。但他是炳坤的盟友，只要他开心就好。

炳坤犹豫了两天，然后去找钱阿姨，但她失联了。炳坤有时候恍惚觉得是不是自己家庭剧看多了，幻想出来一个钱阿姨。

两个月后，炳坤参加了一个小辈的婚礼。司仪说："愿得一人心，白首不相离。"然后一堆人轮流上台说着"白头偕老"的祝福语。炳坤有点气闷，他拿起桌上分的烟走到大堂抽了起来。妻子去世后，他就再没抽过。烟圈中，大堂的镜面玻璃照出了他的满头白发。炳坤想，其实要白头偕老真的好难。

掐掉烟，他走出饭店吸口新鲜空气。七月里的天还没暗下去，夕阳红透了整个天。那夕阳很像钱阿姨舞动的裙边。

明天，是的，就明天，炳坤决定好好去找找钱阿姨，跟她说说夕阳也可以很红的事。

走过麦穗地

　　素素五岁时，发誓要嫁给邻居哥哥，哥哥已经十七岁了。她喜欢在哥哥身上骑马马，哥哥抱着她滑滑梯，给她买好吃的。她从不怀疑，哥哥是她的，她还把桌布扯下来披在头上扮新娘，跑去问："好看吗？"得到肯定后羞羞地跑回家。

　　突然，哥哥有了女朋友。妈妈让素素叫她"姐姐"，她别过头去，这个"马脸"抢了她的新郎，真讨厌。他们结婚那天，素素死活不肯去喝喜酒，还赖在地上哭天抢地。爸爸回来看她的眼睛肿成一双桃子眼，便意味深长地说："素素啊，我们寻找人生另一半的过程就像走过一片麦穗地，走的时候不能回头，只有一次机会，尽量采株大的，然后就要守着那株过一生。""哥哥是株大麦穗。""但他长在别人的地里，你的地里还没长出麦穗来呢。"素素似懂非懂地点点头："那我的地里啥时候能长出来呢？"爸爸摸摸她的头说："快了。"

130

说快就快，转眼素素就成大姑娘了。她的地里疯长出很多麦穗，她喜欢的够不着，喜欢她的她又嫌人家干瘪。直到有个又帅又正直的警察出现。

素素喜欢他穿制服的样子，牵着他的手走到大街上，吸引人眼球，但他不喜欢这样。"休息日规定不能穿警服。"他这样辩解。素素就不高兴了。让她更郁闷的是他的电话有时聊着聊着就匆匆挂断，素素常常对着"您拨打的电话无法接通"傻傻到天明。

有一次，两人正牵着手轧马路，晃啊晃的。突然，男友甩开她的手，素素一惊，抬眼望去，他的领导正笑眯眯地望着他们。领导走后，素素发飙了："带我出去你觉得丢人吗？"男友沉默着。素素坐在路边号啕大哭了起来，路人像看罪犯那样看着她的男朋友。

素素的这株麦穗没采到不说，还在她心坎里扎下了一根刺。她觉得世上都是烂麦穗，她不想采了。就在那时，出现了一株大麦穗向她扑来，"采我采我……"素素把他拨到一边，他又扑了上来，"采我采我……"几个来回，素素也累了，慢慢习惯了上下班有人接送，逢生日、圣诞、三八甚至六一都有礼物收的生活。旁人都说："小姑娘好福气啊。"每当这时，素素就对着天上问："爸爸，他是我要采的那一株吗？"

两年后，二十八岁的素素在催促下订了婚，这期间再没见过更大的麦穗。

一次工作培训，让她认识了一个硕士研究生。第一次上课她迟到，很是尴尬，有个男人招呼她："坐这儿吧。不晚，你看还在调试话筒呢。"后来他总会帮爱睡懒觉的素素留好位子。同学们也起哄说他俩是金童玉女，天生一对。

终至分别，两人去西湖边散了个步。下着雨，他撑了伞，侧脸很是好看。素素心中感慨，若不是订了婚，她肯定会采这一株的。她想说什么，他却朝她摇摇头说："你要说的我都懂，就这样安安静静地同走一段路吧，已很满足。"他的视线掠过她的婚戒。

素素一下动车，就看到未婚夫捧着鲜花冲她"张牙舞爪"。他也许不是这片地里最大的一株，但却是最热情最真心的那一株。

踏
TA
LANG
浪

结婚那天，邻居哥哥带着老婆孩子也来了。哥哥老了很多，倒是他十八岁的儿子意气风发，很像年轻时候的哥哥。素素想，这株又大又帅气的麦穗日后不知道会便宜了哪家姑娘。

爱上小奶狗

是什么时候爱上他的呢？那个曾经像弟弟一般的存在。等到承认时，我已是深陷其中不能自拔。周围的人是怎样看我的呢？一半真正要好的捶胸顿足：你脑子进水了，疯了啊！另一半假装要好的等看热闹：愿你们白头偕老。

我和他，中间隔了一个七年。我大学毕业时，他刚初中毕业。他姐姐带他来探班，我随手扔给他一瓶酸奶，他没有接，扭过头爆起脖子上那根青筋："我又不是三岁半！"那较真样叫我们捂着肚子笑了好一会儿。转眼，他却以一个男人的身份试图入驻我的人生。

他的姐姐约我出来，半天没说一句话，末了说："你就不能找个般配的一起过吗？""我们一同长大、变老，你又不是不知道，谁不想找个年纪相当、工作稳定、有颗真心的男人？可结果呢，没有嘛。""那我弟弟呢？""我们男未婚、女未嫁，不杀人不放火，为啥不行？"他的姐姐回去了，但外面的雨一时半会儿是停不了了。

133

我一个人守着半杯咖啡，望着玻璃窗上汨汨流下的雨水，再一次思索"为什么会接受他"。时光追溯到两个月前，那时我刚刚分手，又是一段单方面以结婚为目的开始却以失败告终的恋情。我应酬，明明谈妥的合同酒过三巡之后却被客户放了鸽子，我气得要死却还要微笑告别。以前这种事也常常发生，可那时我感情顺遂，心有依靠。这日，我站在滂沱大雨前瑟瑟发抖。

　　他为我撑开一把伞，说："来来来。"见我迟疑，他望向我被磨破皮的脚后跟，"到我背上来。"我一万个不愿意地上了他的背。他一脚深一脚浅地朝我家走去。等到时，我俩已浑身湿透。他说："我走了。""去哪？""回饭店门口取车呀。"我白眼翻到后脑勺："你有车不让我坐？""我觉得刚才的你，比起一辆车来说，更需要一个背。"

　　之后，他说那天因为我导致背拉伤了，要我请吃饭。等吃完抹干净嘴巴，他说腰也有点扭伤，还得看场电影。他想着法子要，到最后我能给不能给的都给了他。到动情处，他宣言："别想用一瓶酸奶打发我。"

　　我终于意识到出了大事。是什么时候爱上他的呢？那个曾经像弟弟一般的存在。等到满世界炸毛时，单位新来的小姑娘却捂着嘴跺着脚一脸羡慕："姐姐姐姐，你的小奶狗帅爆了。""什么狗？""哎呀，就是单纯、黏人、会撩的年轻男人啊。"

　　后来我俩一脚深一脚浅地步入了结婚礼堂，我从没想过我可以这样被深爱。这样的爱保质期有多久呢？大家都说到我人老珠黄的那一天。但是就算找个大我十岁的男人，有一天我还是会年老色衰的吧。就像老人里也有坏人，坏人也会变老　样，很多男人就算年纪大了仍然不会变可靠，而年轻男人里也总有可靠之人。

　　初入社会时，总想要找个怎样怎样的人，到最后遇到一个好人，能得我心，已属不易。

二　　胎

　　当我看着验孕棒上鲜红的两条杠时，目瞪口呆，眼冒金星。这种乌龙事件怎会发生在我身上？我给老公发去一条微信——出大事了。他马上回电话给我："什么大事呀？"我忍不住爆了粗口："反正是你干的好事！"

　　等老公弄明白怎么回事，倒是很平静地回应："那就生呗，反正大家都生。"我白了他一眼："别的事咋不见你那么积极？这我挨刀子的事儿，你倒是爽快。"他觍着脸说："生不生，你说了算。"

　　皮球踢回给我，我倒是犯难了。我的公婆听说后一副志得意满的模样。我问生出来没人带怎么办，没退休的婆婆回答，到时候总有人带的。我说生两个儿子到时买房娶媳妇分不均怎么办，公公回答有钱就多给点，没钱就少给点，他们有手有脚，自己会挣。我又说大毛帅气又健康，咱们已经中了大奖，哪能老中奖啊？万一这二毛歪瓜裂枣拖了大毛后腿怎么办？我婆婆脸都黑了，就差给她怀孕的儿媳头上来粒"麻栗子"吃吃了。

纵使生活中有一百个生二毛养二毛的难处，但真不要他我也舍不得，要知道我可是连路边捡到的小猫小狗都全心呵护的人啊。我咬了咬牙，说："那就这样吧。"老公乐开了花，头往我肩膀上一靠，撒娇说："我就知道会这样。"我倒是有一种吃瘪的感觉。

遥记怀大毛时我那个娇气，吃了睡，睡了吃，还整夜失眠担心自己要流产。办公室阿姨后来说我怀有一两个月身孕时小心翼翼，如履薄冰，反倒是临盆前身轻如燕，步履矫健。这次我也想娇气，可是没条件，我还有个大毛要伺候。而且看多了社会新闻，知道生二毛首先要关照好大毛的心情，就开始给他做心理建设。

"有个小天使觉得爸爸妈妈人好，要到咱们家来，你觉得怎样？""我不是已经来了吗？"我一拍脑袋，以前我跟他解释他为啥来我家时用过这个段子。"那还有一个小天使也想来。"儿子当即打断我说："让他去别人家好了。"好了，第一回合以我惨败告终。

在失败了数十回合后，我发现他终于松动了。一日，他要他爸爸"卖狗狗"（背背驮），他爸爸念起一贯的台词——卖狗狗，卖狗狗，卖了一只小狗狗。他竟插话说："卖了一只大狗狗。"爸爸顺口问："那小狗狗呢？"他竟指着我的肚子说："喏，小狗狗不是在里面嘛！"我和老公四目相对，儿子为自己的聪明扬扬得意。原来在他小小的脑袋里，一定百转千回过很多次，才接受了这个既定的事实。

当我夜里抱着大毛给他讲龙应台的《孩子，你慢慢来》

时，这一遍比以往的任何一遍都有感触。当他在我怀里酣然入睡，我望着他那稚嫩的小脸，心里想着我们将共同开启人生的一段新的修行，他作为哥哥、我作为两个孩子的母亲的修行。

踏
TA
LANG
浪

清 明 归 来

二十几岁时，我很喜欢去墓地。有时候散着步便去了那儿。那里是世界上最宁静、最干净的地方，没有喧嚣和卑劣。

我静静地路过那些刻着名字、生日及卒日的墓碑。每一个都来过这世界，每一个都有过自己的故事。走到一个装饰得格外用心的墓前，这个孩子如果活着跟我一般大，也许是个高大出众的帅哥，也许只是个极其普通的男子。可是他一定是他父母的心头肉，在死了二十年以后的今天，他的墓依然一尘不染，鲜花簇拥。

哦，我记起来了。那一年我七岁，听说镇上卖油漆那户人家的孩子长了脑瘤，最后时刻他母亲趴在他的床前，他说："妈妈，我放不下你。"母亲别过头抹掉眼泪又回过头安慰："你安心去吧，妈妈一定会好好的。"二十年过去了，偶尔我会在大街上遇见他母亲，带着一个七八岁领养的女孩。那女孩蹦蹦跳跳很是活泼，她跟在后面默默看着，在笑，但再也没有展开来笑过。

墓地是个让人悲伤的地方，但也不全是。我走到一对合葬的墓前，丈夫叫屠小明，妻子叫薛瑞英。这本是一对再普通不过的夫妻，但他们子女的名字却让我会心一笑。长子：屠瑞明，长女：屠小英，次子：薛小明。如果这不是一对偷懒或者只认识几个字的夫妻，那就是一对爱得深沉的夫妻。他们活着时你中有我、我中有你，不分你我，让人羡慕，死后也肩并肩一起迎朝阳一起送日落生生世世。

最终，我总会到外婆墓前伫立。我的外婆生前勤劳单纯，但并不善于倾听。现在，她躺在地下默默听我说，听我的悲、愤，我的不甘和无奈。等我用心说完，风簌簌吹过树叶，像是回音。我抬眼望世界，望到最深最远处，深吸一口气，呼出，心中只剩纯净。大多时候，我们找人倾诉，人家的劝解都不能解惑，我们只想说一说心中的苦闷，说着说着就通了，说着说着就走出了困局。墓地是再好不过的解惑之地。

嫁人后，我常随着夫家上坟，他们还保持着老一套：挑着扁担，备几个小菜，洒上老酒。我婆婆对装点得像棵圣诞树的祖坟说："认识吗？这是你们的孙媳妇，今后请一定也要保佑她。"那一刻，我心里的眼眶湿了。有时候，人生的归属感不完全是活着的人给的，而是活着的人和故人携手给的。踩着那潮湿的泥土，穿过荆棘密布的桑树地，清明归来的路上，有时觉得人生就一次，一定要好好活，有时觉得人生就一次，求那个"一定要好好活的我"放过自己，想着想着就回到了家中，回到了那个俗世中。

第四部分

浪静

呼呼和啪啪

呼呼和啪啪虽然都有个口字旁，虽然都是象声词，但它俩从没想过会有什么关联，就像她从没想过她和他会搭上边。她是十指不沾阳春水的娇俏大小姐，他却是个不登大雅之堂的屠夫。

她相亲无数，男人都被她的嗲腔迷倒，但不出仨月定会逃跑。说文雅些她的床垫下藏不得一颗豌豆，说通俗点她的眼里容不下一粒细沙。几年后，她难搞的名声在外，再没人愿为她介绍对象。她的父母看着同龄女孩都已结婚生子，他们决定只要有个男人肯要她，就要把她推出家门。

这个男人赶着趟子来了。被个屠夫看上，她是万万不肯的。他每天除了卖肉，就在她家里蹲点。看到她，就跟看到块鲜肉般两眼放光，用热眼盖住她的冷眼。三个月后，她的父母早已把他看成自家女婿。有次吃饭，排骨汤特别鲜，正瘦身的她忍不住多喝了两碗。她妈妈笑嘻嘻地说："女婿真是好，天没亮就把新鲜排骨和剥好的毛豆挂在门把手上，这汤是不是特别鲜？"她一口汤喝到气管里，嚷嚷道："我死也不会嫁给那个猪头！"她被扫地出门，挣扎了许久后她终于答应"下嫁"了。

婚后，她被当作女神一般供着。但问题马上出现了，他的呼噜声震耳欲聋，她不堪其扰。有时她坐的火箭冲上云霄，有时她乘的船只汽笛狰狞，有时她搭的火车轰鸣呼啸。因他各式各样的"呼呼"声，她的梦变得上天入地。十个屠夫九个打呼，她算是领教了。

被吵醒后，她轻轻地拍他，"啪啪"声在静夜里格外刺耳，他咂巴了两下嘴后"呼呼"反而更响了。她快要疯了，唰一下坐了起来，朝着他的胖脸狠狠拍了下去。"啪啪"两下，"呼呼"是止住了，但他也被生生吓醒了。弄清为什么后，他并没有生气，说"那我侧过去睡"，行不通；那"等你睡着了我再睡"，还是行不通；那"我先搬到隔壁房间去，你安心睡吧"。

有次凌晨，她醒过来，却见他蹲在床边细细端详着她。他摸摸她的脑袋说："我好像好久没看过你的脸了。睡吧，我去卖肉了。"黑暗中他离去的身影模糊了，她哭了。

终于他决意去做个手术根治"呼呼"。但摊子不能关门，不然熟客会流失。她自告奋勇帮他看店。她站在一堆肉前，完全不知如何下手，顾客说要二斤肉，她好不容易抬起刀，"吧"的一下，肉没有切下来，手却被弹得通红。她坐在肉摊上哇哇大哭起来，哭完了给他打电话："手术别做了，我只要你快点回来。"

五年后，菜场里多了个猪肉西施，切肉不用称，一刀一个准。她的儿子对她说："妈妈，昨晚你打呼比爸爸还响，我都睡不着。"她摸摸他的小脑袋，说："要是你真心爱妈妈，你就会觉得'呼呼'是世上最温暖的声音。"

世上从此不再有"啪啪"，两个"呼呼"幸福地生活在一起。

踏
TA
LANG
浪

午夜咖啡馆

这个城市的夜色中，隐匿着一家小小的咖啡馆。老板儒雅、温暖，你就算不喝什么，只是来坐坐，他也一样温情相待。

咖啡馆虽小，却有驻唱歌手。这些年无论生意如何，这一传统都被保留了下来。

今日的这个女中音年纪尚轻，但据说面试时唱保留曲目把老板给唱哭了。此刻，灯光打在她的脸上，摇曳生姿。老板坐在吧台后面，耐人寻味地注视着她。

一曲唱完，老板照例去关照下客人。突然，他瞧见一人进来，那是本市最著名的 DJ 李。他红了二十年，这个城市的孩子都是听着他磁性的声音长大的，爱慕他的人更不在少数。

老板不是李的粉丝，他认识李，只因李是他妻子的初恋。当年他不离不弃地追求她，她却只痴迷于李。她和李好了七年，李却不愿许她一个未来。后来有一天，她梨花

145

带雨地跑来，扑入他怀里，等擦干眼泪，他们就闪婚了。

　　他知道她爱唱，便为她开了一家咖啡馆，给了她一个舞台。在那里，她的女中音曼妙从容，自由舒展。但她到底不爱他，三年后，她背上吉他消失在人海。

　　今日，李第一次走进他的店，是来找她的，还是纯粹来消遣的？

　　老板回了神，还是走了过去。李朝他笑笑，指着台上说："她真可爱！"他看向那里，同是长发飘飘，同是莺歌曼妙，同是春情荡漾，有一瞬间他竟把她认作他的妻。一曲唱毕，女歌手径直走了过来，走入李的怀中。她把手指抵在李的唇上说："你跟我们老板说我什么坏话呢？"李满眼宠溺："如果有坏话那肯定是假话。"

　　女歌手转向老板说："我的男朋友老不正经，你见笑了。"老板脸色苍白，没有一丝笑意。幸而，最后一曲开始，结束了这个话题。

　　老板看过她的简历，当然知道她和李差了近二十岁。想到这里，他不禁问李："你想过和她结婚吗？"当这样无礼的问题从他嘴里吐出，他自己也吃了一惊，但这确实是萦绕他心头多年的疑问。

　　李平静地回答："我是不婚主义者。我从不隐瞒欺骗她们，从一开始她就晓得。"老板很是意外，李继续说："所以我喜欢年轻女孩，你情我愿不耽误人家嫁人。"老板攥紧拳头，动了动嘴唇："你就不曾想过为谁改变吗？"此时副歌响起，李的回答沉没在歌声里。

　　今天，破例地，未听完最后一曲老板就离店了。他回

踏
TA
LANG
浪

头看了下招牌，"午夜"两个字如此刺眼。当年他的妻取这个店名时他就晓得 DJ 李的招牌节目就叫"午夜之声"。

他的耳畔响起一阵掌声，今日最后一曲落下。午夜清冷，李沉没在歌声里的回答突然浮出水面——想结婚的就该找想结婚的，长相厮守找了自由洒脱，妄想改变对方，那就只剩痛苦了。

老板走过十字路口，他终于决定在妻留下的离婚协议上签字，签字并不是为了放她自由，而是给自己一条生路。

清　明

　　"清明时节雨纷纷，路上行人欲断魂。"这一年清明路上却是太阳当头照，油菜花儿朝人笑。丈夫离开三年，苏丽的腰肢明显丰腴，脸上也有了血色。

　　两天前，婆婆对她说梦见儿子在那边过得不好，叫她带点他平日里喜欢的去看他。他喜欢什么呢？她琢磨了很久，最终，带了他喜欢的鲜花。他心里是追求浪漫的，即使是瘫痪的那几年。

　　她数着排数，十七、十八，近了，抬眼看见一个女的伏在丈夫的墓前。她一眼认出了她——丈夫的初恋，也是他的出轨对象。

　　她杵在人家墓前进退两难，往事潮水般涌上心头。丈夫是知青，返乡跟她结婚时已过三十。他对她很淡，她却深信平淡是真。直到十几年后，丈夫赴大兴安岭开知青会，回来后，他完全变了个人，要辞职要离婚。问急了，她才晓得他这次去遇到了初恋，对方离异了过得不好，他说要用他的下半生弥补她。

"那我的下半生呢?"苏丽第一次红着眼朝丈夫嘶吼。他哽咽半晌,扔下一句"下辈子还"就头也不回地走了。那时她扶着门框泣不成声,那时她万万没想到"下辈子"来得那么快。

丈夫在去的路上出了车祸。她在抢救室外捶胸顿足,内疚是自己诅咒他去死才出了这种事。要是能救回来,她能笑着放他走,人活着比什么都强,至少她的孩子还有爸爸。

人救回来了,下半身终身瘫痪。下半身废了,丈夫终日寡言,再也不提下半生的事了。苏丽当牛做马尽心伺候,日子回归平静。有一年,丈夫的知青朋友来探望他,两人相谈甚欢,提到中午要好好喝几杯。她闻言,立马出门张罗下酒菜。回来在门口听到这样一段对话:"她后来联系过你吗?"丈夫沉默。"你也没告诉她你这样了?"丈夫沉默。"你这辈子再不想见她一面了?"丈夫低语:"我不能害了她。"苏丽倚着门框泪如雨下,把嘴唇咬出了血。

三年前,丈夫去了,她望着空荡荡的屋子松了口气,才迎来她的下半生。

今日,竟这样与丈夫心里揣了一辈子的女人相遇。她看着那女人把一盆塑料花放在他坟上,她撇撇嘴,看了看手里蔫了的鲜花,从来家花不如野花香,今年就让那假花陪伴你吧。她随手把鲜花放在脚边的坟上,转身准备离去。

"你是谁?"忽然一个女人愤怒地质问她。她看看坟,再看看对面年纪相仿的女人,马上明白自己被当成故人的老相好了。"我谁也不是。"她词穷着仓皇逃走。

回去的路上，她想着这年头偷人的都光明正大，一生清白的却要落荒而逃，想着想着就笑了，笑着笑着就哭了。"王松，你的下辈子、下下辈子我都不要了，去害别人吧你。"苏丽抹掉眼泪，太阳当头照，油菜花儿香，活着当真好。

踏浪
TA
LANG

一 期 一 会

她是个卖茶叶的。几十年工夫茶叶种类层出不穷，包装日新月异。

最近来了批新货，包装奢侈，价格更是不菲，卖得倒是很好，品名"一期一会"。广告语写着："在这一时空中，大家只有一次遇见的机会，遇见了就要格外珍惜。"她想着不就是个茶叶嘛，还真是吹得响亮。

这一日，老公来铺子溜达，拿起"一期一会"，说："这个我拿回去尝尝。"她立马抢回来："这一小盒顶你一个月烟钱呢，你拿别的。"老公撇撇嘴："钱钱钱，你这个女人就是俗气。"她心想，要不是她俗气，怎么能养活她不务正业的老公和玩世不恭的儿子呢？

老公前脚刚走，后脚闺密就来了。闺密左顾右盼一番，说："那个，你知道了吗？""啥呀？""你可别说是我说的，就你家老王跟那个女人搭上了呀，南门菜场卖生煎那个。不信你可以自己去看。"

这天清早，她破天荒地没去店里，而是去了南门菜场。果然，如闺密所说，老王系着围裙在那店里帮忙，笑盈盈的，俨然一副男老板的模样。她恨不能冲上去掀翻煎锅，抓起滚烫的包子砸向这对狗男女。

一路扶着墙走回去，她恨不能给他下点砒霜。正好路过药店，店员问："你要点什么？"她黑着一张脸，半天吐出俩字："泻药。"店员"哦"了一声，一边收钱一边说："你这脸色确实不好看，便秘多年了吧？"她摸摸面孔，"便秘多年"全写在脸上了。

踏
TA
LANG
浪

回到家，她拆开珍藏的"一期一会"，泡了一杯，小心翼翼地倒了半包泻药进去，一边想着"去死吧"，一边咬咬牙又倒了小半包进去。老王正好进门，端起杯子就要喝，抿了一口，赞道："哎哟喂，这什么茶呀，怎么那么香啊？"

她一激灵，抢过杯子一饮而尽，老王发飙了："你啥毛病啊？现在连口茶都不舍得让我喝了？""我便秘，药房的说让我多喝水。""你这个女人毛病还真是多。"老王甩下一句"晚饭不回来吃了"，便又出门去了。

她隐隐觉着肚子疼，去马桶上蹲了很久，愣是啥也没拉出来。她想明天天亮了一定要去药店讨个说法。

她从厕所出来，脚麻得不行，接到一个电话，是交警打来的，交警说："您的车十分钟前被垮塌的立交桥压中了，请问车是谁开的？"她麻着的脚一下软了，一屁股瘫坐在地上。

当她从乌烟瘴气的麻将馆里把老王拖出来时，扑在他身上哭得上气不接下气。"你这个女人现在麻将都不让人搓了，这日子没法过下去了。""咱离了吧，只要你活着。"她继续号啕大哭道。

等老王知道发生了什么后，两人互相搀扶着回到家中，她立马去灶头上泡了杯"一期一会"给他。他仰着脖子一饮而尽。她特别平静地说："明天天亮了我们就去办离婚。"老王把杯子往桌上一砸："老子今天没死，以后咱俩谁都别折腾了，这好日子还在后头呢。"说完，伸出杯子，"来，再来一杯。这个什么茶，怎么那么香啊？这辈子喝来喝去还是你泡的茶最对胃口。"

她回到灶头上，看着"一期一会"的包装盒，眼泪哗哗，心想这广告语说得真是好啊。

董小姐和马小姐

这世上和睦的夫妻，大致可以分为两种——取长补短和志同道合。一静一动、气质互补的称作取长补短，董小姐和她老公于先生便是。

养花养草、打扫卫生占据了于先生的全部业余生活。听着老歌，擦拭着玻璃，心里默默跟唱，遐想联翩，他对人生便很满足。而这种时间点，董小姐绝不会出现在家里。天晴，广场上的排舞领队；下雨，麻将馆里穿透烟雾缭绕的女高音，那必定是她。

他俩的和谐在于于先生从来不拖董小姐奔向自由的后腿，而董小姐也从不把她的舞、她的麻将、她的狐朋狗友带回家，这是彼此尊重的底线。

二十年前，人家问刚成为董小姐男朋友的于先生："那女的又漂亮又活络，岂是你能驾驭的？"于先生悠悠地反问："我为什么要去驾驭她呢？"很多年后，于先生听到那首《董小姐》，不禁唏嘘，这唱的不就是他们吗？"爱上一匹野马"，但幸运的是他给了她一片草原。

漂亮的女人往往没有什么要好的小姐妹，真要有肯定也是外貌不出众、性格还隐忍的丫头。董小姐唯一一个小姐妹——马小姐，正是如此。马小姐姓马，脸也有些长，长脸上带些雀斑，几根刘海终日附在扁平的额头上，整个人看上去有些孱弱。

董小姐十六岁的女儿有些早熟，一日与母亲从马小姐家串门离开，回头望见马小姐还在门口目送她们远去，便问："妈妈，你们十几岁的时候是怎样的？你那么出挑，当时是不是无意间抢过马阿姨的男朋友啊？"董小姐一个趔趄，差点绊倒。

还真被女儿言中了，只不过是马小姐无意间"抢"过自己的男朋友。董小姐年少时最爱的那个男人也是像她一般的"人物"。风风光光地站在舞台正中央，字正腔圆唱着："在那桃花盛开的地方……"他找不到董小姐时就找马小姐传话，和董小姐吵架时就向马小姐诉苦，终有一天，他突然抓住正在温柔宽慰他的马小姐的手说："其实你才是我梦寐以求的姑娘。"马小姐犹如被蛇咬般甩开了他，脑海中浮现的正是《农夫与蛇》的故事。

董小姐怒气冲冲地找到马小姐时，马小姐已恢复了平静。面对劈头盖脸的责骂，马小姐最后这样回复："你喜欢那样的男人，不代表我也喜欢。我不想要舞台生活，只想要傍晚一同沿环城河散散步的'志同道合'。"

几年后，董小姐已然领悟了两个塔尖上的人难以彼此包容的道理。快要结婚的董小姐向马小姐伸出了和好的橄榄枝，马小姐也毫不犹豫地接受了。她们又成了亲密无间的好朋友。

最近，四个人聚餐，董小姐指着桌上的番茄炒蛋说："我和老公是世界上最般配的夫妻，我爱吃番茄不爱吃蛋，老公正好爱吃蛋不爱吃番茄，各取所需，刚刚好。"马小姐笑笑说："我和老公爱吃的都一样，都不喜欢香菜，不要葱，所以从来都不需要互相迁就。"

饭毕，于先生习惯性地去刷碗了，董小姐甩甩胳膊说："他喜欢洗，甭管他，咱一起走吧。"说着挽起马小姐的手。出了小区，短暂告别后，董小姐向广场中央大步流星跑去，那里已响起《小苹果》的前奏。而马小姐则和老公像第一天认识般去环城河边散步了。

踏
TA
LANG
浪

格式化的心

　　素素想不注意楼上公司的张总都难，因为他把一般男人不敢穿的颜色都穿上了身。粉红、嫩绿、鲜蓝、小鸡黄，清一色的 Polo 衫，竖领，阳光无敌。

　　张总最近老来他们公司找杨总。杨总虽然年过四十，但是"包装"考究，两人同进同出倒也养眼。张总第一次来，素素给泡了茶。第二次，杨总交代她："黑咖啡，不加糖不加奶。"后来不用交代，素素就泡好了咖啡。

　　张总来得多了，杨总的百叶窗经常性拉下来，这就难免招人闲话。食堂里，几个小姑娘窃窃私语，素素听得真切。一个说："张总杨总是不是那个呀？张总上班快上到杨总办公室里了。""张总嘛，最擅长用美色糊弄女人了，你们知道他一个中专生怎么进的大企业吗？靠跟前任董事的女儿谈恋爱，后来当上董事长秘书就把人姑娘踹了。""董事长不也是个女的吗？老是带着他也不简单。"

　　再见张总时，他又穿着小鸡黄，素素想他还真是骚在

157

明面。那日，杨总低声问她："你有盘吗？借张总用一下。"
她拿出了私人硬盘。张总出来时，朝她春光明媚地笑了一
下，她脸上烫烫的。

　　周末，素素前男友结婚。他们好了没多久，男的就转
投富家女的怀抱，后来又见西瓜扔芝麻般换了好几个。敬
酒敬到这桌，新郎用眼神扫了一圈，落在素素这里："老同
学，别客气，多喝点。"可怜十年都放不下的素素不过落得
一个老同学的名头。

　　等到伴郎发烟，素素抬起头，与他四目相对，竟是
张总。她从未想过，他们一个姓王，一个姓张，竟是头
表（第一代表亲）。再细看，都是英气逼人的剑眉，侧面男
性化的棱角非常相似，她终于明白张总为什么老在她眼里
飘了。

踏
YA
LANG
浪

　　星期一，素素等电梯，远远走过来一个人。走近了，
竟是张总，他破天荒穿了一身黑。进电梯后，他正好站在
按键口，他用标准的普通话问素素："你去几楼？"她差点
喷出一口老血，原来他对她全无印象。

　　到了办公室，素素假装轻描淡写地对杨总说她那个盘
里有急用的文件，希望能尽快还回来。张总来了，素素习
惯性地端了黑咖啡进去，他摆摆手说："今天不用了。"她
只得退了出来。

　　张总很快就走了，杨总把盘还给素素，脸上还隐约挂
着泪痕。素素插上硬盘，里面空无一物，居然被格式化了，
真是让人愤恨。去倒咖啡时，素素莫名其妙想尝尝黑咖啡
不加糖不加奶是什么味道。她抿了一口，天哪，比药还苦，

只有对人对己无比狠心的人才会喜欢吧？

张总后来再也没来过。杨总突然被停职了。坊间流传她把项目的最低报价泄露了出去。大家议论纷纷："杨总这回算是栽在美男计里了。她也不看看张总是谁，想当年，他跟交易一般娶了某行行长的女儿，换来一千万贷款，帮公司渡过难关，从而得到老板器重，三十五岁就爬上了今天的位置。""杨总说到底还是个女人，女人就是容易天真。"

下班时，素素又撞见了张总。他史无前例地穿了件白衬衫，那纯真的侧脸好像素素的前男友。他们家的男人还真是从里到外的像啊。她在心底笑了下，他把硬盘格式化可以洗掉痕迹，穿上白色可以假装干净，但心呢，也能被格式化吗？他们许是能的，但她不能。

苏 斯 的 唇

　　苏斯的唇只有两种状态：涂着口红和不涂口红。苏斯的人生只有两种状态：有男人和没有男人。

　　涂着正红色口红的苏斯张开臂膀望向远方，那个男人是我的猎物吗？涂着玫红色口红的苏斯伸出枝蔓缠住对方，想逃跑我就咬穿你的喉咙。涂着橘红色口红的苏斯用眼泪筑成城墙，哀求说咬穿你喉咙那都是假话。突然有一天，苏斯卸了口红，走近一看，唇破了。"他咬的？"苏斯昂起头："他更惨。"又一个男人在她的人生中落幕了。

　　想当年，十八岁的苏斯还是个不施粉黛的纯情少女。当她收到人生中的第一支口红时，都舍不得涂抹。那个男孩在千里之外说："我好想看你红唇的模样。"她就买了十八个小时的站票去满足他。每次回来，苏斯的唇必定是破的。可她就像是被盖了勋章的骑士，那是爱的勋章。幸好唇伤好得快，等下次见面时又可以耳鬓厮磨。

　　直到有一天，他带她去朋友的婚礼，闹洞房时玩游

160

戏，玩输的人的女伴要被对方亲一下，他二话不说拖她入座，她站起来几次被他唤回。他赢了好儿把。她看着他欢天喜地亲了好几个女人。终于，他输了一把。对方报复似的，把她的粉红色唇膏啃了大半。回到房间，她躲进卫生间，打开水龙头，哗哗水流中她看见精心画的唇已花了一脸，她一咬唇，血滴答答流下。

从此，她成了烈焰红唇。她觉得天下男人一般黑，看着不黑的上去勾搭两下也立马黑掉。苏斯越来越像盛开的罂粟，摇曳生姿，用她的正红、玫红、橘红……行走江湖。

后来她碰到一个诚心诚意想要娶她的男人，十八岁那个纯情少女从她身体里探出头来唤她："嫁吧，嫁吧。"她竟落荒而逃。可是终敌不过人家的执着，她顶着一口粉红色啫喱，披上白纱，嫁了。新郎新娘接吻环节，他环住她羞涩地吻她，这一次没有纠缠没有哀怨没有狗血，欢欢喜喜地嫁了。

苏斯生了女儿，纯母乳喂养了两年。那两年，她丝毫没想到化妆的事儿。她的装着五十支口红的提箱堆在墙角积灰。

有一天，午后时光，慵懒困倦。突然一阵柔软附上脸颊，睁眼一瞧，女儿正对着她咯咯笑，咧着的嘴上涂着妖娆大红，手上还攥着一把口红。她指着窗帘，牙牙念着："妈妈，美哦。"她往那儿一看，蕾丝窗帘上覆满了唇印，正红、玫红、橘红，还有那诡异的暗红。一阵夏风吹来，那些红唇迎风飘舞，那些往事随风而来，随风而去。再一瞧，那些都是女儿小小的可爱的唇印，像一颗颗爱心装点窗台。

　　她拎着恶作剧的女儿往洗手间去，一支支口红从她手中滑落在地，"啪嗒、啪嗒"，她像与一段段青春彻底告别。流水哗哗，她洗干净了女儿的小嘴，可是却无法掌握她的明天，那必将到来的、涂上口红接受亲吻的明天。随遇而安吧，那每个人最彷徨却悸动的青春。再见，昨天！你好，明天！

踏浪
TA
LÀNG

小姐姐和"老头儿"

　　若干年前，参加公务员考试辅导班认识一个小姐姐。三十岁，一头鬈发，脸颊上两个酒窝，笑起来有股小男生气，回味起来却是纯纯的少女气息。我喊她小姐姐，听她讲她的婚恋故事。

　　大学毕业前夕，母胎单身的小姐姐央求同学给自己介绍对象。于是，三十出头的博士后出现了。介绍个"老头儿"给我，她气呼呼地想。可是接着两人天雷勾地火，一发不可收。

　　两个月后，她带着"老头儿"去见父母，说要结婚。她爸先入为主地觉着这男的是个骗子，就说"我女儿第一次谈恋爱"，言外之意你是老狐狸，我女儿还是小白兔。"老头儿"急忙接话："我也是第一次谈恋爱啊。"爸爸和女儿面面相觑。看着"老头儿"一脸认真，末了，爸爸表示："这人生啊，大部分时间都是在赌博，这一局是输是赢还真不好说。"

小姐姐毕业前考回了家乡的事业单位。她和"老头儿"都觉得距离不是问题，为表达诚意，他们火速去领了证。

接下来的七年，他们是标准的周末夫妻。周一到周五，小姐姐是单位雷厉风行的办公室主任，"老头儿"是他们科研所的能力担当。加个班，可劲儿使唤那是无怨无悔。到周末了，两面领导心知肚明、觉悟甚高，要么她去杭州，要么他上岳母家，两个人总要腻歪在一起。春天去婺源看油菜花，夏天去西湖边赏荷，秋天透过枫叶看落日，冬天堆雪人打雪仗。这日子过得你侬我侬，不亦乐乎。

改变发生在小姐姐三十岁那年。双方父母明确表态：浪漫够了吧？老两地分居不是个事儿，孩子总要生的吧？想办法调一块儿去。小姐姐一鼓作气考上省会的公务员，还是个热门岗位。

临报到前，我们几个考上的聚了餐。那一天喝到微醺，小姐姐眼神迷离。她指向窗外，那里有辆尼桑开着灯。"老头儿"把她送来就一直候着。我很是羡慕。她笑说人人羡慕她夫妻团聚，说她苦尽甘来，是人生赢家，可事实呢？说着她别过脸去，许久才从阴影里转回来，坦言婚姻这局是输是赢她心里没底。以前到周末她都要预设行程，精心打扮，挺胸收腹，打上鸡血才去见心上人。现在真要"贴身"生活了，她都不敢保证自己是那个她，又怎敢期待他是那个他。

她喝了很多，我安慰她许久。离场时我目送她向"老头儿"飞奔去，扑进他怀里。我似乎能看到她笑着，酒窝里散发出小男生气和少女气息。他像抱孩子般一脸宠溺。

七年，他一定见过她酒醉的模样，见过她便秘的窘样，见过她牙缝中嵌着菜叶不自知还滔滔不绝的样子。而她呢，亦是如此。

　　车子绝尘而去。我打开手中的盒子，小姐姐送我的杯子上刻着"一期一会"，她曾问我这几个字美不美。不问前缘，不求后会，世当珍惜，只可惜小姐姐身处其中当局者迷。迷着的小姐姐让人倍感珍贵。我关上盒子，关上一个爱情故事。

若 相 信

　　不知道从何时开始，她成了个爱计算的女子。是初中吗？喜欢的铅笔用掉三分之一花了五天，那么还有十天便将用完。是高中吗？沉迷的电视剧已经过半，天天数着却在大结局那天故意磨蹭不回家。是大学吗？和男友如胶似漆，还有半个月就放寒假了，突然刻意跟他保持了距离。

　　似乎就是从那时开始，她认定两个人注定是要分手的，期限是到毕业。还有一年、半年、三个月，她突然就被甩了。男友对她说："这不是你期待已久的事吗？很久以前看你在挂历上圈出了毕业那天，前一天就画上了第二天的叉，而你从未说过你愿意跟我一起走，或者试探性地挽留我。你从没相信过我，相信我们的爱。"

　　是啊，又是从何时开始，她成了个不相信爱情的女子。

　　后来，她碰到了一个男子。他对她很好，好到让她害怕，害怕有一天她终将失去他。

　　一天，他握着她的手，带她到江边漫步。他们停留了一会儿，他突然指着江水问："你害怕江水流走吗？"她诧

166

异地看着他。他继续说："你不怕江水流走，但经常害怕我会离开，那是因为你不爱江水，却深深地爱着我啊。"她听着有些哽咽，又看向他。他继续说："你害怕我会离开，所以老是默默地在心里排练我离开的场景，想象那是何种程度的痛苦，衡量是否能承受。但是你不晓得，我更害怕你会离开，这么深深爱着我、我也爱她的女孩有一天会像这江水般流走，我比你更害怕。你能不能不要把那一天排上你的人生日程？"

她的泪夺眶而出，滑落在脸颊，热乎乎的好真实。她问他："我凭什么呀，能得到你这样的爱？"眼泛泪光的他看向江面，望得很远很远，仿佛望到了对面。他说："我小时候做过一个梦，梦见自己是只快饿死的流浪狗，有个小女孩给我东西吃，救活了我，然后我就决定一辈子跟随她。我第一次看到你时，你正在专心致志地喂流浪猫，你的眼神好像那个小女孩，我就这样认出了你。"

说着他扑哧笑出了声："你肯定觉得我一个大男人说这种话好肉麻。"她认真看向他爽朗笑着的脸，想起她七岁时捡的那条流浪狗，它陪伴她度过了五个年头，它送她上学，接她放学，有一天它在她放学后向她扑过来时被车撞飞了。那时，她搂它在怀里，她心里说：我以为我们永远都不会分开。狗尾巴突然抽搐了一下，她急忙握住它，说："你是要和我拉钩，约定下辈子还来找我吗？"

对啊，就是从那时开始，她成了个爱计算的女子，因为爱而怕分离，却因为怕分离而主动分开。

从江边返回的时候，他走在前头，她快步追上去握住他的手，紧紧地。是你啊，我相信，我们永远都不分开。

167

狗　恋

　　他们在一起时，总是她说他听。她说什么他都说好。她说你怎么摇头摆尾的一点儿主见都没有啊，他想还不是宠你嘛。

　　她说要养狗，他说好。可她连自己都养不活，他就连她带狗一起养着，以为这一养就会是一辈子。

　　可是被宠着惯着的她某天一去不返。他去找她，反被奚落一番。

　　他怏怏不乐地走了，喝到醉醺醺才回家，一开门他家的草狗扑上来示好。他心里一股火气冲上脑门："你怎么一点儿自知之明也没有，也不看看自己是条什么狗！"抬脚就给了它一下，狗吓得"呜呜"跑开了。

　　第二天在湿漉漉的口水洗礼下，他醒了过来。望着狗摇头摆尾的样子，他说你怎么一点儿主见都没有啊，狗咧开嘴傻乎乎地笑着。他看到它的嘴角有被他踢伤的痕迹，一阵心疼，把它紧紧搂进怀里，心里恨起了女人，想着今后就咱俩相依为命地过吧。

　　没多久，他的人生里又出现了一个女人。他拒绝，说自己一无所有。女人指指狗说："不是还有它嘛。"他红着脸回答："这是前女友留下的狗。"女人笑着回应："只要不是前女友留下的孩子就好。"他笑了，狗也笑了，这屋子散发出很久没有的明媚和敞亮。

　　后来女人怀孕了，他弱弱地问要不要把狗送到乡下去。狗仿佛听懂了一般，摇头摆尾一副可怜相。女人想了想："我们一直定期给它打针、体检，应该没事。再说它通人性的，它要是知道是因为我肚子里这个它才被送走的，以后能对孩子好吗？"他笑出了声："你说得它跟个人似的。""你别看它平时傻里傻气一副没主见的样子，谁待它好，谁待它不好，它心里明镜似的。"

　　孩子出生后，狗当起了半个保姆。女人烧饭，狗跑到厨房汪汪大叫，原来是女儿已经滚到床边摇摇欲坠了。有时孩子醒来看身边没人要哭了，狗往上蹭了蹭，孩子立马就咯咯咯地笑了。孩子的小饼干自己省着吃，也要分给狗吃。渐渐地，孩子长大了，狗送她去上学，她杵学校门口，狗屁颠屁颠加速度跑回家为她取红领巾。女人常常对人说，狗好到他们家的人都忘记它是条狗了。

　　可是狗老了，开始出现了老人的一些症状，也开始犯些小错误。一天，他带着女儿和狗去散步，狗突然冲到对面一辆保时捷的轮胎上撒了泡尿。女儿第一时间上去道歉，车上下来一个妇人，竟是当年的她。他俩隔着街道隔着车辆隔着他的女儿遥遥相望，恍如隔了一个世界。

回去的路上，女儿念着刚才的事。她说："我抱着狗，跟那个阿姨说'这是条好狗，只是最近老了病了才会犯错'。阿姨摸摸它的头说'谁都会犯错的'。"末了，他说："有时候学会认错和原谅要花一辈子的时间。"

狗快死了，一家人守在它的身边。他握住它的尾巴："我们钩钩手约定好，下辈子还到我的身边来吧。"狗尾巴颤动了一下表示同意。一滴泪从它的眼角滑下。他最后一次把它搂进怀里，心里感慨此生还好，爱过一条狗。

踏
TA
LANG
浪

回 家 过 年

在本地女人还不愿嫁给外地男人的时代，她嫁给了他。他家在千里之外，家里一贫如洗，但他长得帅，名牌大学毕业又有个好工作，所以两人也还算般配。

自从她和他处对象起，他就天天上她家吃饭。糖醋排骨、荠菜千张他大快朵颐，小葱拌豆腐、凉拌黄瓜他也一扫而空。有次她忍不住问他："我妈烧的菜真那么好吃？"他笑着回答："做做样子一两天还行，时间久了你还看不出真假？"

他彻底融入了她家，吃完饭，看看电视剧，总是两集看完才恋恋不舍地拍屁股回新房子。日子久了，她问他："你一年轻人老是瘫沙发，你偶尔也跟我爸去健步走走嘛。"那晚，他跟着岳父去了，一个多小时后回来。她问："走得怎样？"父亲笑而不语，后来才告诉她女婿走到有电视机的店里就走不动了，等岳父走回来两集结束正好回家，也是有趣。她面露嫌弃，父亲却意味深长地说："不抽烟不喝酒

171

不赌博，就爱看点电视剧，我看蛮好。"

转眼十年过去，除了办酒水那年，他们才回过一趟老家。这一年又临近春节，丈母娘发话："今年你们就回那边过年吧，别叫你爸妈误会我们霸道，觉得你跟做了上门女婿似的。"

她列了张清单，按他家乡的规矩给每家每户准备了礼物。拖啊拖，拖到年三十才出发，而且他执意自驾行。路上堵得慌，她埋怨他省几个高速钱。他回答这不是刚升副行长嘛，都看着呢。她想起上次拖到年三十回老家时他也说刚升科长，不能早走。

到家了，父老乡亲都围上来看他们，握住她的手，摸孩子的头。她听不懂他们的话只能傻笑，想找他翻译呢，他却一个人躲进大哥房间，摁了一遍遥控器后气呼呼地说连个数字电视都没装。

晚上端出来一大盆韭菜馅饺子，第二天一早一盆白馒头，中午一盆宽面，他都蜻蜓点水般掠过。婆婆笑呵呵对她说，这几句她倒是听懂了，说这孩子（她老公）从小就吃得少，后来考上寄宿中学后也不常回家，个头反倒是噌噌上去了。

踏浪
TA
LANG

两天后，比计划的提前一天，他一定要回了。他对她说："这地方连个热水澡都没处洗，从头痒到脚。"她望着他，最痒的是他迫切走人的心情。

他父母扒着车窗送啊送，他点了下油门出发了，后视镜中父亲老泪纵横舍不得小儿子。她征询："你看咱爸都快跪下来了，你要不要停一下？"他又踩了一脚油门表明态度，等走远了尘土中看不见老父亲身影时，他说："就别反反复复折腾人了，不然就真该跪了。"回去的路上很通畅，她怕他吃力提议去服务区歇歇。他却神采奕奕："还赶着回家过年呢。"见她一脸震惊，他继续补充道："出发前我给妈打了电话，说回家吃晚饭呢，我们赶紧的，别叫他们等急了。"她望着他希冀的眼神，这是她的丈夫，是她的丈夫没错。

一口气赶到家，进门时他激动地喊了声"妈，我回来了"，像离家多年的孩子回到母亲的怀抱。那一天，他创新高吃了三碗饭。

命 题 作 文

郑微三十岁陷入人生瓶颈。她感觉整个生活被束缚住，成了一篇命题作文。

本应是社交最广的职业——记者，每天见不同的人，却遇不见一个可以发展的对象，只能通过相亲结识男人。相亲的场景、事件大同小异，只是人物换换。随大流的公务员和在事业单位、国企的优先。见了面，像招工面试似的问：上班忙什么？有啥兴趣爱好？房子买在哪……然后下一个。

每次在茶室喝过两口茶，桌上零食原封不动，电视频道摁一圈，看个电视剧下次相亲还能接上剧情。见得多了，脸与脸都模糊了，把移动和电信的搞混了，谁让移动也装宽带了？把工行和农行的搞混了，谁让他们都爱谈理财？把警察和城管搞混了，谁让他们都穿蓝色制服？相完亲回到家，男人便像她穿不惯的高跟鞋般"啪啪"被甩在了身后。这篇"找对象"的命题作文，郑微是写不出新意了。

感情如此，工作亦如此。毕业后她幸运地被报社录用。大报社人才济济，她这只小虾米被派驻到偏远县城。特大新闻上头都会派大记者，只需她提供素材；小新闻埋伏的通讯员们已能独当一面，她把把关即可。采访稿做多了，也有套路，预先看看材料有了框架，有时小标题都拟好了，把人往里引便是了。"如履薄冰、如临深渊、如坐针毡"当年老师传授的专业精神她已经麻木很久了。工作这篇命题作文，她新瓶装老酒，换汤不换药，可总觉得已不是当年那个味道。

周末，郑微又去相亲了。茶局散场后，她提出到湖边走走。看到一对学生模样的青年在骑脚踏车，女孩张开臂膀，很像在泰坦尼克船头上飞翔。

郑微转过头，对身边人说："我们也去租辆脚踏车骑骑吧？"对方很是惊讶，摸摸自己一套西装再推下金丝边眼镜，回答："可是我的车就在前面哎，而且就快下雨了。"郑微看看天，确实乌云密布。等坐进车里，顿时大雨倾盆。车里散发着真皮沙发的气味，这辆新车看上去冷冰冰的，很昂贵。

窗外的世界已是一片凌乱，骑脚踏车的情侣四处乱窜，苦苦寻觅一方屋檐避雨。这个情景好熟悉。大学时，郑微看上一个帅哥，可惜那个男孩不爱她。她跑到人家楼下弹吉他唱歌，贿赂生活阿姨把便当送进男生宿舍；人家开心她陪着笑，人家难过她陪着哭，终于成功俘虏了帅哥。毕业前一天，她实习结束，男孩骑车来接。转眼大雨，两人东奔西逃，找到一个站台躲雨，驶过一辆宝马，溅了他们一身泥水。回去后她就甩了那男孩，他问她为什么，她回答："你喜欢的不就是敢想敢做的我吗？"

那时的她以为她的人生会写在一张没有边际的白纸上，从没想过会是一张打满格子的作文纸。那时她以为她会成为张泉灵那样的女记者，她以为前面还有大把的好男人随她挑，她从没想过生活会变成一篇命题作文。

踏
TA
LANG
浪

男配还是男二

韩剧中常有两男一女的戏码。男主角或帅气或霸气，但男二总是万变不离其宗的——你见与不见我，我就在那里；你爱或不爱我，爱就在那里；你跟或不跟我，我都不离不弃。我的人生中就曾有这样一个男二。

多年后，我休产假。儿子爱哭喜抱，尤其喜欢我放着音乐抱他入怀翩翩起舞。慢三、伦巴、拉丁……这些舞步像深入骨髓的本能，随着旋律自然流露，只是那时搂着我的是另一个男人。

2004年秋，新生入学的我对体育课满怀期待，但是舞蹈班里僧多粥少，女多男少，男生可以尽情挑选心仪的女生。老师一声令下"开抢"，我在心里祈祷。这时一个前额微秃、眼珠暴突、嘴唇外翻的男生径直向我走来，牵起我的手说："你好……"然后口水从嘴角流下，那一天我都很不好。

回到宿舍，室友正在讨论班里一个丑男，口水像尼亚加拉瀑布般飞流直下。她们问我舞伴名字，我答："小强。"顿时一阵爆笑，室友说："你中头奖了，咱说的就是这个小强，绝对奇葩。"他是有多出名，我是有多幸运。

在接下来的一年里，他都含情脉脉地凝视我，害得同手同脚的我一直跳错。期末，老师说："男生优秀，女生不及格，但规定两人同档，所以补考。"我直翻白眼，但我只能找他反复练习，而他乐此不疲。

终于通过补考，可以和他说拜拜了，他却要我为他的第一次负责。"什么第一次？"他便说："第一次牵手，第一次心动……""神经病。""我就知道你会这样骂我，我们还真是心有灵犀。"

后来我恋爱了，小强消失几天后重出江湖。他站在寝室阳台，审视男友送我回宿舍。然后电话适时响起，因为在我桌上，所以总是我接："找哪位？""找你。""又是你，神经病。""你的'神经病'在我听来是'晚安'，没有它我睡不着。""神经病。""我想我今晚一定不会失眠了。"

除了这样，他很会雪中送炭。寒冬腊月我赖床，便会有热乎乎的早饭托人送来。我正为下雨焦虑，下课时门口就摆着一把写着我名字的雨伞。全世界都知道这个学校最丑的男生喜欢我，我以为他的喜欢会和他的丑一样永恒不变。

突然，他被开除了。听说考试时他忘记关手机，结果老师认定他作弊。他辩解，老师说："我认得你，你不就是那个老在女生宿舍门口晃荡、想耍流氓的男生吗？可怜人家女生怕是连你大名都不知道吧？""你胡说。"推搡间老师受了伤，他真的成了"流氓"。

离校那天，他来找我，问我他的大名。我语塞，他哽咽道："我以为这三年我在你的生活中最起码是个男配角，原来我狗屁不是。"他握住我的手："让我最后再牵一次你的手吧。""神经病啊。"我甩开他。这竟成了我最后对他说的话。

很多年后，在车水马龙的城市里找不到自己时我常常会想起他，想起他肯定过一个相貌和才情都不甚出众的女孩。年少的我们不懂得，在一部只有三个人的剧中，男配就是男二，而男二也可以得最佳男主角奖。

医生的眼泪

踏 TA LANG 浪

　　每个医院都有招牌医生，妇幼保健医院的招牌医生是张俊杰。小护士都说他待病人如初恋，病人待他如末恋。真的是末恋啊，乳腺癌患者，到生命的最后关头，遇到一个帅气执着的男医生给予专业指导和精神慰藉，病人能不动容吗？

　　可就是这样一个工作中人人爱他、信任他、崇拜他的医生，却隐藏着多年的家庭危机。婚姻苟延残喘，濒临倒塌，而被戳破的这一天却来得那么狗血。

　　张俊杰的妻子发烧昏迷被推进了医院，被诊断出乳腺癌晚期。这莫不是天大的讽刺？一个专家教授连自家老婆患了自己专攻那科的病都不晓得，除非他们分居多年，甚至鲜少见面。

　　可是细想一点儿都不奇怪啊，他爱岗如家，常常睡在值班室。他似石头缝里蹦出来的，无亲无故，他十年如一日般大家早已习以为常，很少去想他的妻子、他的孩子过得怎样。

妻子总算醒了，睁开眼看到一个男人趴在床沿上吓了一跳，再一看竟是自己的丈夫，她上次这么安静看他睡觉仿佛已是上辈子的事情。

他醒了过来，他说都怪我。她却说："我自己生的病怪你做什么？"他说这病跟生活操劳和心情抑郁脱不了干系，她就不作声了。他继续说："你怎么那么傻呀？觉得哪里不舒服应该第一时间看医生啊。"妻子欲言又止，他立刻明白这个城市这个专科的医生都是他的前后同辈，她怕他难堪。他看着她说："你不傻，我才是真傻。这一年来，我只要触碰过，甚至走近你说不定都能闻出来。"

妻子被推进手术室，主刀的是他的得意门生。签风险责任书时写到夫妻关系的"妻"时他停顿了一下，多年前她剖宫产他一时心急竟卡在那里，医生开玩笑说你是有多爱你老婆，居然这么紧张。时过境迁，今日他竟在这样一种情境下重写旧字。

落座后，看着"手术室"三个字，他明确知道他的妻再被推出来时将不再完整。新婚那夜，妻子害羞地问："你每天要摸那么多乳房，看到我的还能有感觉吗？"他哭笑不得，只能捧起她的乳房安慰说："这是我见过的最美的乳房。"她莞尔一笑，眉心舒展，清纯可人。此刻，这世上曾经最美的乳房将离开那个不再清纯可人、早已饱经风霜的妇人。

切片结果一出，门生找他谈话，一看眼神他就知道是什么情况。此刻他双手捂面，回想起前几年两人吵得最凶时，她对他说我活得还不如一个寡妇。她没有成为寡妇，他倒真有可能成为鳏夫了。

思绪混乱，时光交错，断章记忆中手术室大门"轰"地开启，实习医生张俊杰走出来，面前一个男人双手捂面，不一会儿泪从指缝间流出，漫延开来，滴滴答答落在地板上。那人从低声啜泣发展成撕心裂肺的号啕大哭，回荡在整个病区。他起伏的双肩、绝望的悲鸣深深震撼了实习医生张俊杰。那时他暗下决心要尽自己毕生所能，不让一个男人掉眼泪。他夜以继日，变成了一个工作狂。

此刻，一个男人双手捂面，不一会儿泪从指缝间流出，泪如雨下，撕心裂肺的哭声震破天际。路过的人说，这里的医生技术不行啊，看这个男人哭成这样，多可怜。他们哪里晓得，这竟是一个医生的眼泪！

踏
TA
LANG
浪

知心姐姐的婚姻

郑微是知心姐姐，女孩们都说："你老公又帅对你又好，能挣钱还顾家。你命好得不行。"她总是笑笑。

这天，小李摔了一跤，郑微问她疼不疼，小李听闻大哭起来，指着心口说："这里才疼啊。男友要分手，想死的心都有。"郑微安慰说："不要怕，好男人有的是。""像大哥那么好的男人都死光了。"这次，郑微没能忍住："他没大家想得那么好，他有病。"于是娓娓道来。

郑微年轻时长得一般，但胜在性格温柔。周强向她求爱时，她吓了一跳，堪称完美的他总让她感觉像是一场美梦。这梦很快就醒了。郑微一觉睡醒不见老公，他回来后倒是自觉羞愧，老实交代说："我不运动，就浑身不舒服，觉也睡不着。"慢慢地，郑微发现他说的是事实，而且更甚。

他的运动风雨无阻，郑微生产那天据说他在产房外苦等时把医院楼梯上下跑了二十个来回，把郑微她爸妈看得一愣一愣的。

有一回，郑微去买酱油，让他带孩子，回来时他正单手举着孩子上下上下，那样子像是举着他的哑铃。郑微爆发了，他痛哭流涕，低头认错。连续三天他没锻炼，就上吐下泻发起了高烧，他握着她的手说："你看我没骗你吧？我不锻炼就要死了。"郑微吓得不轻，专门去咨询，结果医生说这恐怕不是生理疾病，是心理问题，类似强迫症。那之后，她就默许了，他常常偷瞄她一眼便出门了。她不得不承认，除了这一点，她的老公堪称完美。

郑微第二次爆发是在十三年后。一日，她打开微信，看到一段视频，她健硕的老公抱着一米六八的女儿轻功般从水坑上跃了过去。小姐妹发出感慨——帅爆了，酷毙了。郑微却是气炸了。她说："女儿这么大，你怎么还能抱着她进学校呢？脸丢到家了。"周强黑着脸说："你早起送过女儿吗？学校有段路积水没过脚踝你晓得吗？你'不丢脸'孩子就要湿着脚过一天，你忍心吗？"郑微被说得哑口无言。这之后周强更明目张胆地外出健身了。

有一天，两人路过环城河边，郑微发现周强喜滋滋地看着路边那些石墩子，她问："怎么了？"他满脸得意地回答："这里的墩子我每个都打过，像李小龙那般哼哼哈哈，一天一个，我数过这里够我打上半年的。"郑微听了差点没把白眼翻到后脑勺上，看着那些墩子，她想：是不是该庆幸，老公打的不是我？

听完郑微说的，小李破涕为笑，心结也缓了。几日后小李走到郑微身边，笑嘻嘻地跟她耳语："昨晚上我碰见大哥了，我问他：'大雪天的还跑步啊？'结果他结结巴巴地说'老婆今晚不在家'，说完就一溜烟跑了。现在的男人都懒得要死，真羡慕你有个'有病'的老公啊。"

那天夜里，周强脱了衣服去洗澡，八块腹肌扑闪扑闪的，郑微第一次认真看它们，原来那是多么耀眼的存在啊。

一个人的爱情

我十六岁那年，父母天天吵着要离婚。有时我很想吼上一句：离吧离吧，对着不喜欢的人浪费口水、浪费人生，何苦呢？

可我啥都没说，我能做的只有逃跑。我在路上漫无目的地溜达时，总觉得人们都在看我——你看，就是那个小孩，她爸妈要离婚了，没人要她了。

我能去哪里呢？我在爷爷奶奶家也是不咸不淡的存在。最近，他们看到我的脸，就想起那对闹离婚的人，就没有了好脸色。有一天，我在弱弱敲了两下门无人应答后，默默离开了。不知从何时开始，我不想成为别人的麻烦。

就在那天，我遇到了炯炯。我怔怔望着河水，想着我就随着河水流向远方去吧。就在那时，一片瓦"咻咻咻"擦着水面飞了过去，激起五个水花。我看向他，与他的眼神交会。他问："你总不会想跳下去吧？"我心里咯噔了一下："你才想跳下去呢！"他平静地回答："我真的想跳下去。"我吓了一跳。"每当这时，我就扔几片瓦，假装它们是代替我跳了下去。"他望着湖面，他的脸被夕阳映得通红。他递给我一片瓦，我想那时我的脸也一定被映得通红。

第二天，我们像约好般出现在河边。他摸出一张那年头稀罕的百元钞票，甩了甩，说："走，想吃什么，哥请客。"那一天，我们吃了奶油棒冰、三角面包、陈皮梅，还喝了香蕉味汽水……可是我觉得索然无味。因为店员对着他的背影指指点点，大致是说这臭小子怎么可能有钱，肯定是偷来的。当我想到我吃的是用偷来的钱买的东西，顿时觉得自己成了销赃的共犯。

我们又回到河边。他突然对我说这钱是他妈妈寄给他的。他突出的重音是"妈妈"，我听到的却是"寄"。他看着困惑不解的我，轻描淡写地说："我爸爸杀了人，被判了死刑。那之后，我妈也走了，没有回来过。"

我很同情他，低声说："你一定很恨她。""不，我一点儿都不恨她。她每个月给我寄钱，三年了一次也没有落下。她一定很爱我，只是不知道怎样面对我。"

相比他的生活，我有爸有妈，之前的苦恼让我心生羞愧。那一个夏天，我每天都会去河边等他，有时我们一起哼哼歌，有时则什么都不说，守着夕阳慢慢落下，知道落下的一定会升起，那种安心的感觉真好。

后来有一天，他没有来。我看到一张字条，上面写着他接到妈妈电话了，说让他去她那里一起生活。他等不到告别就出发了。他搬了一堆瓦片留给我心情不好时扔。我看向一边，他常坐的位置上整整齐齐叠着瓦片。我忽然很想哭，替他高兴。

那些瓦片后来一片也没扔，被我放进了收纳盒里。我爸妈也没有离婚，爸爸有回喝醉时感慨自己是个懦弱的男人，连离婚的勇气都没有。我安慰他大部分人都是懦弱地活着，活着就是英雄。

每到放假，我都会去河边坐坐。想起大学室友看到瓦片时惊讶的表情，她说这铁定是恋人送的，我笑着回答是初恋，更是救命恩人。她缠着我要我讲我俩的故事。故事的结尾是他再也没有回来，而我很欣慰，他应该过得很好，所以才没有回来，这是我一个人的爱情就好。

踏
TA
LANG
浪

老公的姐姐

老公的姐姐又来我家里了，每年她都要来住一个月。

老公的姐姐五十岁了，没结过婚，听说年轻时长得很美，有很多传闻。老公闭口不谈那些传闻，姐姐大他十二岁，长姐如母，没有哪个儿子会去贬低自己的母亲。

"佳文，我又来了。"此刻她倚在门框上，逆着光看去，她跟我老公长得很像，想当年我就是被老公的帅脸给迷得七荤八素的，虽然它现在看着让人生厌。

姐姐每次来了都很安静，像窗台上多了一盆昙花一样，偷偷地开花，白天又闭拢了。这一日，孩子们上兴趣班，只剩她和我在家。她在厨房捣鼓了一阵，端出两杯咖啡。她叫我并排坐到落地窗前。

她突然开口："二十五年前的今天，我差点结婚。但最终，还是没结成。"我一口咖啡含在嘴里，滚烫滚烫的，吞进去不是吐出来也不是。

"我觉得自己一个人也能活，但原来我也会老，会生病，生病的时候希望有个人能给我倒杯水。"姐姐杯中的咖啡见底了，而我却觉得太苦入不了口。

"你可以叫我们啊。"我说。姐姐摆摆手："你们有自己的生活。你家柴米油盐、鸡飞狗跳的，我每年来住一个月就厌糟糟了，然后就觉得没结婚是对的，赶紧走人。"我被她说得笑了，不再年轻的她依旧迷人。

"话说回来，婚姻都是围城里的人觉得气闷，真跑到围城外面的也不会气顺。"我的笑凝结在脸上，低头思忖很久，还是将冷掉的咖啡一饮而尽。

过了几日，姐姐突然提出全家一起出门玩玩。她说一切她会安排妥当。等拖家带口到了车站，她突然和我们挥手告别，她说："佳文，你和弟弟去山里住几天吸吸氧，我带孩子们去迪士尼玩玩。"

等我们上了车，姐姐发来微信——生活不易，需要喘息才能走远。我顿时湿了眼眶。在山里那几日，老公对他的外遇传闻解释了个明白。他说父亲当年出轨，他和姐姐都恨之入骨，姐姐选择不婚，而他则决定早婚早育，好好做人家的丈夫和父亲。

旅程结束，听说老公科室那个追他的小护士轮转到其他科室了。这次一个月没到，姐姐就嚷嚷着要回家。我送她到车站，她很温柔地抱住我，拍拍我的后背说："佳文，你是生活的勇者，不喜欢喝苦咖啡也硬着头皮喝下去了。我给你买了全脂奶粉，放在厨房第三个抽屉里了。"

我想起当年姐姐请假来伺候我坐月子，见我爱喝甜的，就托人买了十箱进口奶粉给我补身体。从没生过孩子的她

踏浪
TA
LANG

一边搓着屎毛巾一边说："佳文，你是生活的勇者。我婚都不敢结，孩子也不敢生。"

火车渐行渐远。我久久伫立在站台，看着姐姐那列时光隧道里一去不复返的车，泪流满面。

去往土星的人

　　孩子的老太公死了，这是孩子第一次直面死亡。跟他说了，他倒是镇定，问我烧掉了没，我说还要去告别。他接着说："那过几天要住进小房子（坟墓）了吗？"我回答："是的。"

　　我第一次直面死亡的时候也像他这般大，那时我拖着长过脚板的白顶带，望着天上飘过的云，听着里面女眷的哭声潮涌般袭来。那时，我第一次明白人是会死的，人生是会有终点的。爸爸却对我说这是人生最公平的地方，谁的末路都是那里，但怎么活全看自己。

　　晚上，躺在床上，孩子久久未能入睡，怏怏问我："所有人以后都会死吗？""是的，外公外婆爷爷奶奶，包括我，每一个都会。"我不愿意骗他。"为什么？""因为这个地球就这么大，我们的土地就这么多，如果前人不退出，长长久久活着，那到今天我们连放张床的地方都没有了。所以大家轮流来做个客。""那有一天我也要死吗？""是的，或许

192

到你一百岁的那一天。""可是我不想死啊，有没有什么办法？""那你就早睡早起，好好锻炼身体吧。""那我马上睡了。"话音未落，孩子就有了鼾声。我笑着心想，真是孩子啊，明天应该不会赖床了吧？明天应该能自己走走，不会还要抱了吧？

参加完葬礼，回来的路上，孩子又突然问我："我早睡早起，好好锻炼，也只能活到一百岁吧？那之后怎么办呢？我是不是还是会死？"我刮了一下他的鼻头："你这孩子忧思怎么那么重呢？你好好读书，到时发明了新的宇宙飞船，去土星定居，到时地球住得下了，大家都不用死了。"我终究还是成了一个骗人的母亲。他仿佛找到出口般豁然开朗，信誓旦旦要好好读书，以后去土星上定居，因为土星有圈光环——漂亮。

父亲笑盈盈地接话："到那个时候，你就坐着你发明的宇宙飞船，飞到地球来看你外公哦。""外公，你不跟我一起去土星定居吗？那里可美啦。""外公晕船，就不去土星啦，你多来看我两趟我就满足了。"听到父亲笑着说这段话，想着儿子一百岁的时候父亲会在哪里，我突然好想哭，"为什么人都会死？"我也好想问问这个问题。

父亲拍拍我的肩膀："干啥呢？葬礼都结束了。你都三十好几的人了，叫人看了笑话。你看看窗外，挺美。"我看向窗外，寒冬腊月，一片萧索，有什么可美的！"我小时候也讨厌冬天，可现在往远处看，乡下人家升起了炊烟，这种景象在城里很少见，值得一看。"我望向远方，果然几户农家升起了炊烟，每一缕炊烟底下都有一户人家用心活着，真美。

这天夜里，孩子跟我说："妈妈，你一定要早睡早起，好好锻炼身体，活到我发明出飞到土星的宇宙飞船哦。"我插上不久前买的夜灯，关掉大灯，土星的形状赫然映在天花板上，好神奇好梦幻，仿佛我们伸伸手就能够着。也许活着的人未必能到那里，死的人或许已去往那里。这样的土星住在我们每一个人的心里。

踏
TA
LANG
浪

后　记

我很小的时候，就觉得自己是个为写作而生的人。不是自信，而是自卑。因为我没有别的什么特长，唯有靠着写作刷点存在感。语文老师念我的文章时眼中有光，学期结束时给的评语都是"写作佳"。

童年时，我没看过什么儿童文学，熬夜看了很多我妈的章回体小说。读高中时，我在练习册下偷偷垫着《小说月报》《上海文学》……那是隐藏在枯燥学业中的最大乐趣。那时，我看到迟子建的《亲亲土豆》，十几岁的我为中年夫妻的深情感动不已。我就想，我这辈子也要写这样的、让人动恻隐之心的、让人落泪的文章。

写作路上走走停停，走是走，停亦是走。一个个写作的灵感，产生于小饭馆等上菜时看到的一幕，记在餐巾纸上；产生于去外地出差，路过陌生的停靠站，对邻座人的揣摩中；产生于一场广场交际舞，一对不是夫妻的男女无比契合的舞步中。

我落笔前，常常酝酿几个月甚至几年，等到有一首歌与心中的故事产生共振，便把自己关入书房，单曲循环上几百遍，写到自己泪流满面，最后呼出一口气，像是生出了一个孩子，然后欣慰地捧着它，它就算不美但至少是个真诚的故事。我的大学写作老师、著名诗人伊甸曾对我说："如果坚持写作，你一定可以成为一个充满温情的作者。"多年来，我谨记老师的叮嘱。这十年，感谢《南湖晚报》的《如果爱》专栏，前后刊登了我的七十余篇文章，让我收获了一批读者。有位医护人员辗转托人来告诉我，看我的文章她哭了半宿，因为文中有"她"。作者在写文章时完成了一次创作，读者凭借自己的阅读理解和人生经验进行二次创作，产生共情，赋予文章新的生命，反过来温暖了作者。

踏
TA
LANG
浪

　　在此，要感谢桐乡市委宣传部、桐乡市文学艺术界联合会的支持，感谢南湖晚报副刊编辑于能多年来亦师亦友的关怀，感谢浙江省漫画家协会副主席朱荣耀的配图，感谢那些说"我喜欢看你的小说，那里面有我"的人。愿我的小说里也有一个"你"。

王肖婷

2022 年 5 月于浙江桐乡